U0033696

# 民國時期報業史料
## 上海篇
## （一）

Historical Materials of the Shanghai Newspapers

1912 - 1949

- Section I -

高郁雅／主編

# 導言

高郁雅
天主教輔仁大學歷史學系教授

## 上海報刊的發展環境與特色

中國報刊出現的年代很早，唐代時有「邸報」，宋代時有「朝報」，明清時有「京報」，但都屬傳達政令的官方佈告性質，與近代報紙的概念相差甚遠。近代意義的報刊係以販售訊息為業，內容多元，包含新聞、評論、廣告、副刊等，十七世紀出現於歐洲，隨著傳教與商業的發展，十九世紀清末傳到中國。

近代報刊傳入中國後，以時間來說，上海非最早，晚於澳門（最早一份是1822年葡文週刊《蜜蜂華報》）、廣州（最早一份是1827年英文雙週刊《廣州記錄報》）、香港（最早一份是1841年英文雙週刊《香港公報》）。但近代報刊在上海出現後（最早一份是1850年英文週刊《北華捷報》），因種種環境因素，即以飛快速度發展，後來居上，超越澳門、廣州、香港，成為全國的新聞中心。無論是創辦報刊的數量上，還是重要報刊在全國的影響力，上海都是其他城市及地區無法企及的。究其原因，與上海的辦報環境息息相關，分述如下。

　　第一，1843 年的上海開埠，促進了上海的城市發展，由海邊的縣城一躍成為中國最大的工商業都會。近代報刊的發展與工商業的繁榮緊密相關，工商業的發展產生對報刊的需求，也對創辦報刊提供資金、物資及設備條件。工商業者需要瞭解新聞及商品行情，亦需平台廣告推銷其產品，工商業者是報館穩定的讀者群，也提供報館最大的收入來源──廣告。

　　第二，上海具備澳門、廣州、香港無法比擬的地理環境和與交通條件，使上海報刊和全國各地密切聯繫，迅速擴大自身的影響力。上海鄰近中國最長、年徑流量最大河流──長江入海口，無論傳統河運或近代海運，皆具極佳的通航條件。上海的陸運鐵路也是最早，英國人1876 年修建上海至吳淞的吳淞鐵路，是中國境內第一條營運鐵路。新聞傳遞依賴的電報，上海亦最先開通，中國首條電報線路是 1871 年由英國、俄國及丹麥敷設從香港經上海至日本長崎的海底電纜，6 月 3 日起在上海公共租界收發電報。1880 年李鴻章開辦電報總局，並在 1881 年 12 月開通天津至上海的電報服務，上海《申報》1882 年 1 月 16 日刊出記者拍來的一條「上諭」，報導雲南候補道張承頤被降級處分，為中國新聞史上首條電訊。[1] 這些方便的交通工具，有助上海報刊布置全國的新聞網與發行網。

　　第三，上海的文化市場活絡，明清江南城市持續成

---

1　方漢奇，〈早期的新聞電訊〉，《報史與報人》（北京：新華出版社，1991），頁 218-219。

長，文化創作、書籍印刷發展成熟，奠定上海良好的文化基礎。近代上海開放通商口岸後，五方雜處，文人雲集，遠離封建統治中心，租界提供相對寬鬆的出版空間，各種思潮在上海交匯碰撞。上海成為近代西學傳入中國的重心，兩次思想啟蒙運動——維新變法與新文化運動，其代表性報刊——《時務報》與《新青年》，都是在上海創辦發行的。

近代上海報刊的歷史，大致可分為四個時期。第一個時期，1850 年至 1895 年，約 45 年，是上海報刊誕生及初步發展時期，這時期的上海報刊，大部分都是外國人創辦的。這個時期的最初 10 年，只有少數幾份英文報刊及中文宗教刊物問世，如上海首份近代報刊是 1850 年出版的《北華捷報》，即英商辦的英文週刊。至 1860 年代起，隨著上海都市的形成，上海報刊進入初步發展時期，各種外文報刊大量湧現，少數中文宗教刊物改變純宗教傾向，日益擴大其社會影響力。另外上海開始出現第一批的中文商業報刊，如 1861 年首份中文報紙《上海新報》，即是《北華捷報》增出的中文版。這些情況使上海迅速崛起，取代澳門、廣州、香港，成為中國新聞中心。

第二個時期，1895 年至 1915 年，約 20 年，是上海報刊具突破性的發展時期。突破的，是清政府對報刊的禁錮，所依賴的條件，一是民主政治運動的衝擊，二是上海外國租界的庇蔭。這時期上海報刊發展有三次高峰，第一次高峰，是 1895 年之後的兩三年，由於維新運動的浪潮，出現一批以維新啟蒙為內容的報刊，有的

偏重普及教育，有的偏重時事政論，如 1896 年梁啟超辦的《時務報》。另外，消遣性並具諷世喻事的晚清小報也開始萌芽，如 1897 年李伯元辦的《遊戲報》。第二次高峰，是 1903 年之後的六、七年，利用上海租界的特殊條件，革命派辦了一批報刊宣傳革命，如于右任從 1909 年起陸續創辦的「豎三民」：《民呼日報》、《民吁日報》、《民立報》。第三次高峰，辛亥革命爆發，民國建立後的一、二年，各種政黨報紙大量湧現，言論空前活躍。經此三次高峰，上海報刊發展格局基本奠定，報刊已成市民日常生活必需品。

　　第三個時期，1915 年至 1937 年，約 22 年，是上海報刊全面穩定發展時期。這一時期，以 1928 年為界，又分為前後兩段。前一階段，當軍閥政局動盪、北方報界言論緊縮時，上海報界獲得相對穩定的環境，幾家商業報紙完成向企業化大報發展的過程，成為中國資本最厚、銷量最大、影響最廣的民營報紙，如《新聞報》、《申報》。後一階段，國民黨執政，首都從北京遷到南京，中國政治輿論中心南移，上海商業報紙的自由空間縮小，企業化大報兼併產權、報業聯營等托拉斯的發展，與國民黨訓政體制扞格，幾度遭受遏止。消遣性小報此時期從早期的三日刊轉成日刊，如上海小報的「四大金剛」：《晶報》（1919 年 3 月 3 日創刊，1932 年 10 月改成日刊）、《金鋼鑽》（1923 年 10 月 18 日創刊，1932 年 8 月 1 日改成日刊）、《福爾摩斯》（1926 年 7 月 3 日創刊，1931 年 9 月 1 日改成日刊）、《羅賓漢》（1926 年 12 月 8 日創刊，1935 年 5 月 1 日

改成日刊），[2]更加蓬勃發展。

第四個時期，1937年至1949年，約12年，是上海報刊萎縮與停滯時期。萎縮與停滯，是兩次戰爭造成的。抗戰爆發上海淪陷，一批報刊內遷或停刊，留在上海的報紙雖採「掛洋旗」的方式繼續出版，但整體發展上受到限制。太平洋戰爭後上海全面淪陷，環境更趨惡化，上海主要有影響力的報刊均陷敵手，成為日汪政權的宣傳工具。抗戰結束後最初的一二年，大批報刊返滬復刊，上海報界曾短暫繁榮；之後隨著國共內戰，言論空間緊縮，通貨膨脹帶給報界極大的營運壓力，至1949年中國政局轉易，商業報紙遭新政權軍管封閉，報界出現空前的蕭條。[3]

## 編輯內容

本套書共分兩冊，編輯集中在民國時期。由於這段時期，上海《新聞報》、《申報》長年穩居中國銷量冠亞軍，上海報業進入成熟發展時期。而《新聞報》、《申報》這兩大商業報紙，都有報社檔案收藏在上海市檔案館，有許多課題可以探討。

本套書收集史料種類多元，如：上海市檔案館檔案、報人回憶、報章雜誌文章等。為了方便研究者查找，編者將民國時期上海報業分七個主題，分別是：報

---

2 李楠，《晚清民國時期上海小報》（北京：人民文學出版社，2006），頁387、390、394-395。

3 秦紹德，《上海近代報刊史論》（上海：復旦大學出版社，1993），頁1-6。

界概況、報館職工、新聞編採、報館營運、記者職業、管制與戰爭、小報，將上述各種史料，依內容放入相應的主題中。每個主題下面，再按史料論述內容時間先後排列，簡介如下。

第一個主題「報界概況」有8份史料，包含3個子題：上海報業的基本特色、民初上海各大報的歷史、報業公會的運作。〈上海讀者和上海報紙〉，1937年上海民治新聞專校動員50多位學生，調查上海5,000多位報紙讀者，瞭解一般上海市民對各報的印象。〈全國報紙的形形色色〉，出自戰後《申報》內部刊物《申報館內通訊》，《申報》每天收集全國兩百多家報紙，史料從上海報界的角度，剖析全國各地報紙的特色，及與上海報紙的差異。〈新聞報綱要〉、〈新聞報沿革〉，史料出自上海圖書館藏、《新聞報》1931年的出版品《新聞報概況》，介紹這份上海也是全中國第一大報《新聞報》的歷史與特色。〈本報刊行漢港兩版始末〉出自於《申報館內通訊》，是《申報》在抗戰初期初次離開上海，內遷發行漢口版、香港版的經過。〈我所知道的上海時報〉，是曾服務該報工作者的憶述文字，有助瞭解該報歷史及各階段立場。上海市報館商業同業公會由各報派員參加，負責協商報界事務，本書收集3份1947年該會的會議記錄，〈上海市報館商業同業公會第廿一次臨時會員大會會議記錄〉，抗戰結束後紙荒嚴重，當局實行配紙，每季能自海外購買的白報紙數量確定後，優先配給國民黨報紙，其餘才配給民營報館，由各地報業同業公會自己再去細分，這份史料可見各報為

增配額在同業公會中的爭執情況。〈上海市報館商業同業公會第廿五次臨時會員大會會議記錄〉，報業公會維持報館的職業利益，這份史料是《申報》與報販組織發生衝突時，報業公會要求所有會員報社一起抗爭。〈上海市報館商業同業公會第三十八次理事會議記錄〉，因應缺紙危機，各報配合減張規定，這份史料看出若有報紙擅自增加篇幅，會提交報業公會制裁。

第二個主題「報館職工」有 8 份史料，出自上海市檔案館的報社檔案，及報社出版品，可知報館各類職工的相關訊息。〈陳由根充當新聞報公司排字主任合約〉，《新聞報》1928 年後才將印刷工人納入報館，之前實行包工制。該史料為 1919 年報館與排字工頭的合約，記錄報館對印刷工學歷、工作時數、效能、薪資的要求。〈陳也梅擔任新聞報館二校合約〉，1921 年《新聞報》對一位校對員工的合約，列出報館對校對工作的要求。〈新聞報組織〉，近代中國第一大報的詳細組織圖，可知商業報館的分科構想、職務內容。〈美商申報館同人錄〉，1937 年 4 月《申報》全體職工通訊錄，詳載每部門有多少人，職工年紀、籍貫、住址、電話，該史料有助查找《申報》服務同仁，也可做報館職工的各項量化研究。〈同人經手廣告須知〉，《申報》為鼓勵員工多拉廣告，訂出同人廣告折扣辦法。〈新聞報職工待遇概況〉、〈新聞報工場各組工作標準〉、〈新聞報申報兩報員工待遇比較表〉，可知報館職工每部門的人數、工作標準與計薪方式。最後一份史料為中國第二大報上海《申報》職工為了增薪，調查第一大報

上海《新聞報》的薪資，藉以向館方爭取福利，詳述請假、借薪、喪葬撫卹、退職金算法、醫療福利、有無子女助學金等。〈本報員工薪津比較表〉，《申報》比較戰前與戰後該報各級職工人數、薪資狀況、每日出報平均張數等。〈員工年齡統計〉、〈員工服務年期統計〉，為《申報》對員工的調查，可知館內職工，年齡、年資分布狀況。

　　第三個主題「新聞編採」有 10 份史料，出自上海市檔案館的報社檔案，及報社內部期刊，包含報館收集訊息、編輯新聞的相關規定。〈通訊員簡約〉，1925年上海《新聞報》對全國各地通訊員的規章，為求兼顧新聞效率與控制成本，詳述怎樣的新聞可用電報傳遞。〈新聞報採訪應行注意事項〉，1936 年上海《申報》對駐外地記者的採訪規範，此時中日衝突嚴重，報館授權重要新聞不計成本多拍電報，但因國民黨中央通訊社已很暢行，與中央社雷同的新聞，則不發電報以省經費。〈申報言論部特約撰述簡約〉，1946 年《申報》邀請館外知名人士撰寫社論的規定，可見特約撰述是報館高層介紹來的，言論不具名，領有稿費。〈通訊社一覽〉，通訊社是報館重要的消息來源，史料為 1946 年《申報》合作的上海 20 家通訊社、地址、電話，及每月稿費為何。〈申報二十四小時：一張報紙的誕生史〉，史料出自 1947 年 1 月創刊號的《申報館內通訊》，詳盡介紹從採訪、編輯、印刷、發行，一份報紙產出的每個環節。〈上海各報本埠版比較〉，調查上海各報本埠新聞專攻的特色，及一般市民讀者的風評。

〈早期本報的編排內容及其演變〉，自 1872 年《申報》
創刊至 1947 年，挑選每年固定一天，比較幾十年來該
報編排風格與文字版面的變化。〈編輯會議記錄〉，
1948 年《申報》編輯部內部改進會議記錄，可知國共
內戰期間，該報受言論日益緊縮的限制。〈外埠新聞工
作檢討會議〉，《申報》為溝通報館與外地通訊員，
1948 年召集各地外派記者至上海《申報》召開工作檢
討會議。〈新聞報編輯通訊〉，《新聞報》給編輯、
記者、各地通訊員的指示，此期（第 1 期，1947 年 10
月）較特別的有：奉令改稱「共軍」為「共匪」。

　　第四個主題「報館營運」有 8 份史料，出自報社出
版品、報社檔案，及報社內部期刊，分析報館發行、廣
告、印刷等各種實際營運問題。〈新聞事業困難之原
因〉，中國銷量長年第一的《新聞報》總理汪漢溪，
1923 年剖析該報如何計算每份報紙的成本、批價、售
價，及怎樣靠廣告賺錢。〈新聞報發行〉、〈新聞報
設備〉，史料出自上海圖書館藏、《新聞報》1931 年
的出版品《新聞報概況》，包含：《新聞報》1893 年
創刊至 1931 年，每年海內外各地的銷數細目。《新聞
報》各種設備，何時從何地引進？數量？效能？包括：
無線電收報機、信鴿、照片銅鋅版機、鉛字架、鑄字
機、壓紙版機、印報機等，可瞭解中國最大報館的規
模。〈上海各大報比較〉，1946 年上海幾家大報《新
聞報》、《申報》、《大公報》、《正言報》、《中央
日報》，各報的廣告、發行收支細目、盈虧狀況。〈本
埠各報銷數批價一覽表〉，《申報》發行科 1946 年的

內部檔案，統計《新聞報》、《申報》等上海18家報紙，包括晚報及小報，本埠及外地的銷數細目、定價、批發價。〈全國各大埠申新大公銷數表〉，1946年中國前三大報上海《新聞報》、上海《申報》、天津《大公報》，全國各省市的銷量細目，寄外地的報紙，用陸運或空運都有註明。〈本報臺灣辦事處是怎樣成立的？〉，戰後上海《申報》派駐臺灣的特派員，1947年報告在臺拓點遇到的種種困難。〈一年來三報銷數一覽表〉，1947年上海《申報》所做的分析報告，調查戰後中國前三大報（上海《新聞報》、上海《申報》、天津《大公報》）的營運狀況，分析銷量廣告不如《新聞報》的原因。〈發行科的「外批」〉，上海報紙發行到全國各地的業務資料，透露批價如何計算？運費怎樣取捨等實際問題。

　　第五個主題「記者職業」有5份史料，出自報社出版品，及上海各種報刊雜誌，透露新聞工作者的職業認同、工作紀律、稿費待遇等職涯問題。〈十年中之感想〉，《新聞報》副刊「快活林」主編嚴獨鶴，1923年剖析任職十年的感想，介紹自己如何看待文學副刊？刊登文學作品的原則是什麼？〈風紀問題小諷刺：「新女性」影片中所見所感〉、〈何為「記者道」？明恥與自反──從「侮辱」記者問題說起〉，兩份史料出自上海《大美晚報》的「記者座談」專欄，〈談社會新聞底記事態度〉出自上海《中華日報》副刊，1935年阮玲玉主演的「新女性」電影引發侮辱記者風潮，關於黃色新聞的流弊與記者報導的分寸，上海新聞界引發熱議，

這三份史料是當時對記者道德的討論。〈上海的新聞界〉，胡仲持 1935 年比較上海各大報的新聞、評論與編排，包含《新聞報》、《申報》、《時報》、《新申報》、《商報》、《時事新報》、《民國日報》、《神州日報》，對各報的風格立場有深度剖析。

第六個主題「管制與戰爭」有 9 份史料，出自國民黨黨務雜誌、報社出版品，及上海市檔案館檔案，論述新聞檢查、暗殺報人、戰爭威脅等報館的種種困難。〈重要都市新聞檢查辦法〉、〈新聞檢查標準〉，1933年 1 月國民黨第 54 次常會通過，滬漢平津寧五地設立新聞檢查所，制訂新聞檢查標準，要求轉告各地報館，配合事前檢查。〈修正新聞檢查標準〉，1933 年 10 月國民黨第 91 次常會增列兩項禁登內容：新式武器及軍事工業之發明、對中央負責領袖的惡意侮辱。〈上海市新聞檢查所致新聞報館函〉，1933 年 3 月 1 日上海市新聞檢查所成立後函各報，介紹該所位於租界內何處，3 月 6 日起每天出版前要將小樣兩份送檢。〈史先生遇難始末記〉，《申報》總經理史量才因批判剿匪與當局關係緊張，1934 年 11 月 13 日自杭州別墅回滬途中遭槍擊斃命，輿論多認為是有計畫的政治謀殺，該史料為申報館出版的紀念冊子。〈新聞報常務董事會議紀錄〉，抗戰打到上海後，原有囤紙一年以上習慣的《新聞報》，1937 年 9 月考量戰時銷量減少、上海常被空襲，為加強周轉，決議解約訂紙、紙庫移往郊外，可見戰爭對報館的衝擊。〈新聞報常務董事會議紀錄〉，因接受日方新聞檢查會失去讀者，《新聞報》察覺日方只

能檢查租界內的華商報紙，故懸掛洋旗迴避受檢。該史料為 1938 年 8 月該報常務董事會議記錄，討論由美商太平洋公司承租該報，租期 5 年，找前總董美國人福開森任報館監督。〈新聞報第 3 次股東臨時會議紀錄〉，太平洋戰爭後，上海租界失去英美的庇護，該史料為 1943 年 7 月《新聞報》股東臨時會議記錄，可看出該報苦於與日偽周旋，決定引進更多與日偽關係良好的金融人士擔任董事，沖淡之前的美商色彩，盡力維持中立。〈關於各報社應付空襲之疏散防護方策小組討論會紀錄〉，日偽中國新聞協會上海區分會，為應付抗戰後期的空襲威脅，1945 年 2 月邀請各報開會討論：在安全地帶建倉庫，放 2-3 個月份的資材。準備聯合印刷工場，在報館印刷設備被炸時使用。〈申報股東會總報告書〉，戰後國民黨以收購原有股份加入官股的辦法，使《申報》的民營特性名存實亡，再改選董事會，以便控制該報。

　　第七個主題「小報」有 10 份史料，出自小報報人回憶錄、國民黨黨務雜誌、上海、香港的期刊雜誌，及上海市檔案館檔案，包含重要小報的歷史與特色、管制小報、小報取材、小報經營、小報報人等內容。〈記上海晶報〉，創於 1919 年的《晶報》是上海小報「四大金剛」之首，史料出自長期為《晶報》撰稿的小報報人包天笑《釧影樓回憶錄》，可見該報的辦報風格。〈由小型報談到上海立報的創刊〉，成舍我 1935 年創《立報》，提出有別於傳統小報的「小型報」概念，不走揭人隱私的路線，篇幅短小內容卻非常精實。〈取締不良

小報暫行辦法〉，史料出自 1933 年 10 月《中央黨務月刊》，呈現國民黨對小報的觀點，及有關管制黃色新聞的規定。〈上海的小型報文化〉，1943 年 9 月戰時上海文藝雜誌《雜誌》邀請上海各家小報座談，討論小報經營的各種難題。〈小型報內幕〉，史料出自 1945 年 2 月上海《雜誌》，透露目前各家小報的銷量、小報報人來源、稿費狀況、新聞取材的考量等。〈上海解放前小報統計表〉、〈關於小型報〉、〈小型報情況〉，幾份史料出自上海市檔案館軍管會新聞出版署檔案，軍管會新聞出版署是中共建國後接管上海新聞界的單位，中共解放上海後對小報展開調查，包含上海各小報的篇幅大小與銷量多寡、各報主管記者名單、印刷所的有無、各小報與報人的政治社會背景、及幾份討論小報存廢的意見書。〈關於小報的建議〉、〈一張畫報化的小型報內容設計〉，軍管會新聞出版署的李之華呈給夏衍的建議書，主張上海小報留下《飛報》、《羅賓漢》，再出兩家新的小報，並附上新出小報《星報》的設計書。

# 編輯凡例

一、原文若為無新式標點者，由編者另加，均有註記。

二、部分表格中文數字改為阿拉伯數字，恕不一一標注。

# 目　錄

# 壹　報界概況

### 一、 萬葉，〈上海讀者和上海報紙〉，《新聞記者》（上海），創刊號，1937 年 6 月。

　　我們對於現階段中國新聞事業底研究，不特是理論的而且要實質的。我們要把我們所找得的實際，來證明我們的理論，決定我們的認識。

　　因此，我們——上海民治新聞學專修學校——正在教室中研究理論的同學，最近在一致的組織之下，動員起來，大家四方八面跑上街去，調查上海各日報的狀況。方式是完全客觀的，他們從讀者的每天的所獲得的對於每一家報紙的感象中，得到了許多可寶貴的統計上的結果，自去年年底起到今年三月底止，經過了五十多工作人員，向著五千多讀者的實際的調查，對於上海各日報的情況，才獲得了如後的概觀。

### 調查的範圍和支配

關於調查範圍方面，是以表格中所規定的各項為標準，即：

（1）讀者姓名　性別　年齡　職業　籍貫　住址

（2）現讀何報？何故？

（3）何家報紙為最優？優點何在？

（4）喜看何種紀載聞？一張報紙所紀載的種類，假定分為：

　　　　（一）國際

　　　　（二）國內政治

　　　　（三）外交

　　　　（四）經濟

　　　　（五）社會

　　　　（六）文藝

　　　　（七）特刊

　　　　（八）廣告

　　　　（九）其他

（5）文字艱深否？何種文字最適當？

（6）報價太貴否？

（7）對看過之報，作何處置？

（8）讀者對於報紙的批評。

如欲完全達到以上各項的圓滿結果，和比較多數讀者對於報紙意見的明確表現，非有經濟上相當的支持，不能為功。我們的調查工作，限於財力及人力，自然有許多不能避免的缺憾。

我們的組織，也很簡單。全部只分為設計、調查和

統計三股。設計股的人數很少，他的職務是在計劃著調查和統計的進行的方法。調查由全體學生和教師中的一部負責，每人分派了二三條著名的馬路，預備逐戶的按著表格所印的各項實行調查。調查工作完竣後便由調查股的負責者，把表格交給統計股統計。一件非常嚴重的工作，就這樣地不顧一切的幹去。

## 困難的遭遇

中國讀者對於這一種人的向他們囉嗦，問個不休，可說是破天荒第一次，因此，困難的遭遇，就連綿不斷地發生出來，使調查工作受到相當的影響。我們一讀到後列幾篇的調查報告，便知道這項工作的如何艱難和令人生畏後退了！

第一報告 「上月廿五日發下的『報紙調查讀者』的表格，我很高興的在廿七號清早就出發去作，因為自己的興奮心和被逼迫的緊張情形所驅使，事先感到是很易作的，只要能吃苦耐勞就成。但是第一天的開始就碰了不少的釘子，記得當拿上第一張向一家醬油鋪子走去的時候，一個戴眼鏡的五十多歲的像老板模樣的人接頭，我說：『對不起，有張表格請寫寫』。

老頭子是近視眼，慢慢的將紙臨到鼻下默誦。看的過程中，我還加了些解釋給他，我以為必然順利，將鉛筆取來給他，又說：『請寫寫吧！沒有什麼！是為明瞭讀者對報紙的意見。』

『這個沒啥道理，阿拉沒意見』很簡單的話語，老頭子有不耐煩的口氣述出。

　　『沒關係，儂讀報總有點意見，請寫寫不妨。』

　　老頭子咕哩了一會，話完全沒有聽懂，他那含混意思，好似說『儂做生意，……沒啥道理……阿拉沒意見……』的話語。

　　到第二家是賣雜貨的舖子，我把表格給了店主人，他剛拿看時，來了顧主，表格棄在一邊，把我約等了半個鐘點，因為那買主是連續的來（他的生意真不壞），故我亦在眼巴巴的等候著。

　　再記得到一家住戶，在後門直望到前客堂有個女人在睡椅上翻讀報紙，我給洗衣服的娘姨說，請把這表格給儂主人寫寫，當我發出口音時，客堂讀報的女人亦在注視著，小娘姨似不了解我說什麼，二次的解說發出，那位客堂的女主人走出來了，她不聽說尤可，而將當中的片門閉起來，這時娘姨誦出：『我家主人不看報』。

　　以上大概是一般的困難情形，那是實在的，不過還有些是很好，那些大都是像學界的先生們，他們好似很了解，一看就明白，用不著多講話，同時怪客氣的。（王士毅報告）」

　　**第二報告**　「支配股派定我在北四川路一帶調查，路途的確是遠了些，於是，時時感覺到與我的本來工作的衝突。

　　第一天（廿八日）東碰西撞只填寫四張，走到一家皮鞋舖子裡，開頭他便說：『我沒有資格』，說之再三，他只是搖頭，於是拜辭而去。再光臨是一家書舖子，老闆是一個近視眼，我進去說明來意，他便不高興，怒氣沖沖地向他的學徒質問：『怎麼的？怎麼會讓

他進來？』只好隨腳拔去。

第二天我想應該轉念頭，不要往商家鑽，於是找學界，走到新亞中學，和一個教主任商量，他滿口贊成說，好的，放下三十張吧！不過要明天來拿。

廣肇公學是一個廣東人大集團，找了幾位先生（女先生），她們滿口粵語，於是只得易之於男先生。我和他商協填表格事的，恰好是身負學校責任的教務主任，他說：『連學生這裡有五、六百人，可是，他們都很忙，有幾位先生的卷子都不改了，請你放下五份好不好，明天來取可矣。』

再跑到守真中學，教務主任說，只能幫忙五份，而且要明天可拿。

第四天跑到北四川路去，我心裡很高興，我以為那可以『滿戴而歸』了。結果，使我失望，他們都關了校門，放假。

於是跑到一位朋友家裡去，希望他能找得幾個朋友填幾張，結果，他卻和我大發其牢騷，說這家報不好，那家報也壞，只得垂頭而出。

第五天是辦結束的一天了，我心覺得焦急，但又是禮拜日，於是便決定往小食店、館子裡去，總算成績還好填了十幾張，但是時間卻費了一整天。

第六天，填好了的人，他們都笑嘻嘻，我像是一把煩悶塞在肚皮裡，做和尚的要撞鐘，做學生的便不能逃學，於是時間沒有，放出的賬，便不能收回。冒險似地八點鐘從學校動身，首先跑到新亞中學，把表一看，害我呆了半天，三十張只填寫四份呀！老天！悶悶地跑到

廣肇公學，教務先生怪客氣的說『對不起只有兩張』。守真中學也僅僅兩張，他說『我想沒有什麼關係』？

總共只有三十九張，還有二十三張沒有交卷。（汪聲天報告）」

**第三報告**　「分配給我的調查區域是同孚路直往北，到聖母院路底。

第一次作這種工作，不知如何作起，同時以一個北方人口音說兩句四不像的上海話，來跟人家去麻煩，預先就有點怕。再加以一件畢三形的衣服，找上門去問這問那，知道非碰釘子不可。學校雖給一封證明信，那對一個高興聽調查者話的讀者是有用處的，對一個門房或娘姨則白費。為了方便，上午便去看了看這兩條街，都是些什麼住戶。

來回跑了兩次，下午回到校裡就帶著調查表去了。從同孚路南端開始，第一次是跑進一家花店裡。我問他們看什麼報，他們說不訂報，高興看就買一份，再問他其他項目則『隨你便』。

第二家是個內衣商店，他們很疑惑我，非常客氣的問了半天，他們倒說我『不識相』，看什麼報與我沒關係，雖然柜台上有張新聞報，他卻說什麼都不看。

不斷的碰釘子，有的也隨便答你兩句，在一家米店內，他說我有什麼『新花頭』，我受了一天的氣，跑回來才弄了七張，都是不甚詳細的。以上是第一天的調查實況。

同孚路南端是外國商店多，聖母院路南端是小店舖太多，外國商店因不能講外國語不好調查，小店舖則不

讀報紙。如粥店、大餅店、老虎灶，問起來是比較方便，惟他們不識字，或工作比讀報還要緊，最容易調查是紙煙店、理髮店。紙煙店，他們講申報、新聞報、大公報、時報，差不多的都看，問他們為什麼呢？他們答覆得很可笑：『揩油！』他們店裡因為代賣各種報紙，在未賣出去之前，他們任意看看，大半喜歡看的時報居多，因在社會新聞紀載詳細，並有照片的原故。

理髮店十九是訂新聞報，有兼訂民報，他們（理髮師們）說不為自己看，是為顧客預備的，當然好劣他們無從答覆。惟訂新聞報卻有理由，一方面為廣告多，顧客們方便，最大原因則是篇幅多，出一元錢的報費，用紙也合算。這兩種讀者都是調查好久得不到結論的。

這裡值得高興的遇見了一家煤鋪，是鄰縣的同鄉，他說我閑的沒了事幹。我解釋了半天，請他幫忙，他留下了五張，教我過一天來取。以上是第二天的調查實況。

在聖母院路一個弄堂裡，我去調查一位國醫。敲開門，正有幾個僕人收拾掛燈，跟他們講了好多話，他們卻告我『先生下午向例出診，現在不在家』。以後又去打一個住家的門，出來了個娘姨問我找誰，我說並不找誰問問看什麼報紙，她說已經訂報了，便抽回身把門閉上。

晚間把未調查的表格均分散到幾家朋友處，請他把自己、把他們認識的人，替我調查一下，又把二十張交給一個在正風文學院讀書的朋友，請他要他的同學給每人寫一張，如此我便把六十二張分散完了。以上是第三

的調查實況。

除了自己挨家調查了二十三張外，餘下那三十八張都在朋友處。在最後一天，我到各地去收，有的寫錯了把表格扯了，有的讓旁人拿去現在還沒送回來。總給實收的張數是共四十三張，已交給支配部，我的工作算完結了。（李德仁報告）」

第四報告　「從社會轉回到學校，再由學校跑到社會去活動，這是第一次。

我底工作是按照規定從禮拜二開始，但為著進行時容易克服一般底困難，我和戴岱、吳明振兩同學作集體的活動。

我們從學校出發，因為吳所分得的地段較近，我們先從霞飛路開始，同時為著增加各人工作底勇氣，我們又首先找出些較熟悉的店舖來進行。於是，霞飛照相館、康健書局、中華印書館……在上半天裏，便分配完了吳的表格。

把表格留下給人家填，這差不多是我們一種偷懶的方法，但實際上在一般忙碌的商舖子裡，你要叫他們放下工作來填這種不關要緊的表，差不多是不可能的。因此我們只得照他們的要求，把表格留下，告訴他們填寫手續，並且約好收取的時間，從這家跑到那家。

在這半天工作裡，我們碰到的釘子第一個是徐重道藥號。當我們跑進去說明了一切，櫃台裡的伙計，都不作一聲，有的遠處底瞧一兩眼，有的看了一下表格靜靜地跑開。我們再三說明來意，特別指出我們不是敲竹槓，也不是要他們定報以後，站在櫃台邊一個老市儈樣

的傢伙，粗暴地說：『我們不要填！』側過臉去驕傲地看那些店夥，好像在說：『我會應付他們呢。』幾副眼光也同時向我們射過來，差不多想把人窒息。

我們對於這些人物，除開解釋沒有旁的辦法，我們結果只得懷著一些憤慨，離開那『聖地』。

在收回表格的時候，有的不按照約定時間，有的把表格填掉了一部，到 XX 儲蓄會收回表格時，幾個職員，又投來半臉的微笑……

當我們跑進店鋪去時，我們第一步工作便是選擇對象，然後跑到他的面前，必恭必敬地招呼一句：『先生！』

然後，『我們是民治新聞學校派來調查大家對報紙底意見的。我們這個工作，一方面是把大家的意見集中起來，作為我們研究的資料，一方面是集中大家的意見，把它研究出一種標準，提供各報作改革他們的報紙底參考，並且作為我們自己將來辦報編輯時候的借鏡。這種工作對於中國，對於並沒走上正確和發展的中國新聞事業……都是很有意義的，因此，希望這裡先生們能夠很熱心的把它填起來……』

遇到智識份子，便說：『先生們是有意識的，當然你們意見比旁人多而且正確……』

遇到只留心廣告底老闆，便針對他的思想：『報紙的改革對於廣告也很有關係的，一張報紙如果多人看了，那它的廣告力量就可以更加增大的……』

遇到臉上懷疑為難，便給說明：『我們不是要敲你們的竹槓，也不是要叫你們訂什麼報紙，我們只要徵求

出大家的意見來改革報紙……』

　　我們把表分拆給他們聽，我們盡力採用簡單而有力的方法。

　　當天下午，我們跑向法大馬路去。因為每家店鋪都差不多擠滿了人，我們先沿著馬路看看形勢。

　　因為我們是廣東人，而且我們打算避免碰釘子，於是首先由戴建議：到冠生園去。

　　我用廣東話和他那裡的經理「吱喳」，結果他答應放下五份，讓他們去填。戴的意思：以為，我們有同鄉關係，而且一般說來廣東人也好像開明一些，但結果第二天去收時卻原封退回，大概說了半天他們還不明白我們的用意。（最初他說道他們什麼都跟總公司，大概總公司沒有填的緣故），這不能不使我們讚嘆他們的精神和腦子！

　　接著冠生園，我們跑到大光明內衣公司與XX眼鏡店去，謝謝他們，他們都終算熱心的給我們填了。

　　碰了好幾個釘子，我們從商鋪子轉到中匯大樓去。於是，現世界社、中鋒社、實業通訊、XX旅行社、地方協會等等，又留下了十餘份。這裡有兩個地方值得提一提，一個是XX建築公司辦事處：敲進門去，裡面躺著一個大亨，經茶房喚醒以後，擺出一副嘔人的神氣，留下一份表格，給我們填下磨鏡子之類的詞句。據他自稱，竟是一個工程師。

　　另外一個地方，是叫做XX出版社的，當我們跑進去時，有個主任模樣的江浙人，聽了我們說話之後，問我們的意思想怎麼樣？那態度異常輕蔑，再三說明我們

的用意，結果他答應留下十份，但明天去取時，旁的人說他回鄉下去了。

從中匯大樓以來，轉了好多地方，在歸途上跑進一家印務局去，經過說明，店裡的夥計都贊成我們的工作了，但他們不敢填，因為他們要喫飯，恐怕填了要觸經理先生的怒。我答應留下給他們去問經理，但第二天仍是他們很歉意地原表奉回，使我們聯想到生活與真理底矛盾，真理的厄運！

在法大馬路總共分出四十多份，收回三十多份。因為功課上許多事情不得不忙碌，於是把其餘的拿到小東門與正風中學去，現在總共填了四十三份，餘的在正風沒取回。

總結這次調查的經驗：

（1）言語不通是這次進行工作很主要的障礙。

（2）一般人士怕麻煩，缺乏公德心，造成一切改革的困難。

（3）封建的保守的思想，尚充滿著一般商人的腦子……。

末了，從這次工作的經驗，我們要重新聯繫到報紙大眾化的任務。（丘鏞之報告）」

### 各項統計

姓氏的統計，在表面上看來，好像沒有甚麼大意義，其實是非常有興味的，不只是使調查者獲得了一個確定的調查的對象而已。

　　這次在整個的被調查者的讀者中，共發現了不同的九十三姓，以百分數講，一百個讀者中，姓陳的只有八個人，姓王的只有七個人。這還算是多的，此外，李劉楊三姓，在一百個讀者中，各有五個人，姓張的人們，雖然非常的眾多，而一百個讀者中，只有四人，黃吳唐三姓，則各有三人，最少的像秦夏施韋龍等等，一千的讀者中，只有三人而已。

　　由此，可以證明中國接受著教育洗禮的人數的稀少，而能擁有一張報紙來研究國事的人，更是寥若晨星。中國報紙在幾十年中的銷數，老是在十萬分左右，和其他國家日銷三四百萬份的報紙比較，真有上天下地之別，自然直接的和教育有密切關係的。

　　讀者的性別方面，男性為百分之八十，女性為百分之二十。女性讀者的渺少，和相差這樣的遙遠，也是值得我們研究的問題。

　　讀者年齡的研究，是極有趣味的。為便利起見，現在以千分數刊布如後：

| 年齡 | 千分之 | 年齡 | 千分之 | 年齡 | 千分之 |
|---|---|---|---|---|---|
| 十二歲 | 25 | 十三歲 | 25 | 十四歲 | 19 |
| 十五歲 | 9 | 十六歲 | 25 | 十七歲 | 31 |
| 十八歲 | 41 | 十九歲 | 80 | 二十歲 | 82 |
| 二一歲 | 66 | 二二歲 | 66 | 二三歲 | 35 |
| 二四歲 | 47 | 二五歲 | 70 | 二六歲 | 35 |
| 二七歲 | 22 | 二八歲 | 35 | 二九歲 | 19 |
| 三十歲 | 35 | 三一歲 | 19 | 三二歲 | 35 |
| 三三歲 | 35 | 三四歲 | 19 | 三五歲 | 19 |
| 三六歲 | 16 | 三八歲 | 9 | 三九歲 | 12 |
| 四十歲 | 35 | 四一歲 | 16 | 四三歲 | 6 |
| 四四歲 | 12 | 四六歲 | 12 | 五十歲 | 9 |
| 五一歲 | 6 | | | | |

　　一看上面所獲得的實際數字，就可知道現在上海讀報最多的人，是從十二齡起到三十三歲。過此以後，讀報的人，逐漸稀少，而五十一歲讀報的，一千的讀者中，只有六人，絕對大多數的老年人，對世事已取不聞不問的態度，這不能不算是中國最壞的現象。幸虧新時代的肯負起責任的中國青年，已眼看著國事的危殆，不肯漠不關心，而引起了他們對於讀報的注意。其中尤以二十歲的讀者，佔了最高的數字。中國的青年人，可以說，現在正蓬勃地起來，向著有民族意識的大道前進，是完全有證據的。

　　讀者的職業，如果要分得清清楚楚，是感覺到難於著手的。這次調查，關於讀者職業的統計，是學界佔了百分之三十五，商界佔了百分之二十，其餘軍農等方面，都佔得極少，其未填明者竟有百分之四十以上。這百分之四十不願意把職業填明的讀者，或者為了若干特殊性的職業，未便說明，而大部分也許是失業的。

讀者籍貫方面的統計，如後：

| 省名 | 千分之 | 省名 | 千分之 |
| --- | --- | --- | --- |
| 江蘇 | 280 | 河南 | 16 |
| 浙江 | 176 | 江西 | 14 |
| 安徽 | 136 | 湖北 | 13 |
| 上海市 | 113 | 陝西 | 13 |
| 河北 | 100 | 廣東 | 10 |
| 山東 | 37 | 山西 | 6 |
| 福建 | 33 | 遼寧 | 3 |
| 湖南 | 20 | 吉林 | 3 |
| 四川 | 20 | 貴州 | 3 |

　　以上統計，因為調查範圍之狹小，不能認為正確，

譬如在偌大的上海中，難道沒有幾個雲南或甘肅籍的市
民，而這些市民中，難道竟然沒有一個人看報嗎？不過
江蘇和浙江籍讀者的眾多，確是一件合乎事實的事實。

　　現在要輪到「現讀何報」？和「何故」？的重要問
題了。這是站在同業方面，最不容易說話的問題，所以
只把佔全部讀者百分數最高的幾張報紙，刊布在後面：

| 報名 | 全部讀者中的百分數 |
|------|------|
| 《新聞報》 | 29 |
| 《申報》 | 19 |
| 《大公報》 | 15 |
| 《立報》 | 10 |
| 《時事新報》 | 8 |
| 其他各報 | 19 |

　　至於「何故」方面，自可比前者發表得較為詳盡
些，但都是屬於讀者對於自己所讀一種報的主觀的
概念：

| 報名 | 選讀的理由 |
|------|------|
| 《新聞報》 | （1）紀載豐富 |
| | （2）評論準確 |
| | （3）廣告多營業消息多 |
| | （4）排列簡明 |
| | （5）紙張多 |
| | （6）趣味多 |

| 報名 | 選讀的理由 |
|------|-----------|
| 《申報》 | （1）內容較充實正確 |
| | （2）學術文藝多 |
| | （3）評論精警 |
| | （4）副刊佳 |
| | （5）新書雜誌廣告眾多 |
| 《大公報》 | （1）廣告少 |
| | （2）立論精當 |
| | （3）有與生活密切關係之作品 |
| | （4）消息確實 |
| | （5）排列不紊 |
| | （6）有疾病問答欄 |
| 《立報》 | （1）摘要簡潔 |
| | （2）編列靈活 |
| | （3）價值便宜 |
| | （4）看讀便利 |
| 《時事新報》 | （1）時評佳 |
| | （2）新聞多廣告少 |
| | （3）編輯得法 |
| | （4）簡潔 |
| 《時報》 | 運動消息多 |
| 《民報》 | 政黨消息較多 |
| 《中華日報》 | （1）經濟材料多 |
| | （2）國際新聞充實 |
| 《大晚報》 | 副刊好 |
| 《辛報》 | 富有趣味 |

| 報名 | 選讀的理由 |
|---|---|
| 其他各報 | 讀報者都沒有填明所以訂讀的理由。 |

　　以上是讀者對於各報從主觀上說明的讀報的理由，而有幾點是絕對相反的，譬如有許多讀者因新聞報的廣告多，而看新聞報，但另有一部分讀者，卻因其他報紙的廣告少而作為選擇他們所讀的報紙的標準了。

　　比較的客觀上的一般讀者所公認的優點，則如後表：

| 報名 | 公認之優點 |
|---|---|
| 《新聞報》 | 評論公道，營業消息多，常識材料多。 |
| 《申報》 | 無俗氣，電訊多。 |
| 《大公報》 | 各地通信多，副刊佳。 |
| 《時事新報》 | 編輯得法。 |
| 《立報》 | 簡潔，大眾化，有勇氣。 |
| 其他各報 | 未有批評。 |

　　讀者的對於何種紀載最喜閱讀的研究，成為經營報業者的最嚴重的問題。把這點緊緊地抓住以後，才能談到一張報紙銷數上的開展的希望。

　　美國西北大學教授喬治闊魯浦博士曾從四萬的讀者中，調查出他們對於報紙上所刊著的東西不同的嗜好。結果讀者方面最歡迎的是照相圖畫和小說趣聞。喜歡讀社評一項的，男的不過百分之廿八，女的不過百分之

十七，而關於紐約市場的公債等經濟消息，喜讀者不過百分之六而已。

這次我們對於這項問題，也與以極大的注意。現在把結果刊布於後，以備經營報業者的參考：

| 紀載種類 | 最喜讀者 | 次喜讀者 | 最不喜讀者 |
|---|---|---|---|
| 國際新聞 | 54% | 28% | 18% |
| 國內政治 | 62% | 27% | 11% |
| 經濟新聞 | 28% | 31% | 42% |
| 外交新聞 | 45% | 35% | 20% |
| 社會新聞 | 36% | 44% | 20% |
| 文藝 | 41% | 30% | 29% |
| 特刊 | 27% | 40% | 33% |
| 廣告 | 20% | 20% | 60% |

從上面所得的數字，我們可以發生如下的判斷：（一）國際新聞和國內政治的受讀者歡迎，和廣告的受一般讀者的厭惡，都在數字上得到鐵的證明，（二）從讀者的大體論，他們對於紀載上的「最喜」和「最不喜」，還沒有達到絕對的極端。譬如最喜讀的國內政治，也不過百分之六十二，最不喜讀的廣告，也不過百分之六十，絕對沒有像美國讀者，對於圖畫的嗜好為百分之九十，而對於最不喜歡的社評，只有百分之十七，一喜一惡，相去有天壤之別。關於現在報紙的文字艱深與否的問題，有百分之六十的讀者，以為並不十分過深，而主張文字更要大眾化的只有百分十五。這可以明瞭現在一般受過教育的讀者，還是根本沒有注意到其他識字很少和幾乎完全沒有受過教育而不能讀報的人們。雖然這樣，在統計報紙應用何種文字最適當的時候，有百分之三十五人主張用白話文，還有百分之十以

上的讀者主張廢掉漢字，代以新文字。可見有一部分讀者，對於報紙所採用的文字和文體，逐漸引起了相當的感覺，所可惜的，還有百分之五十五讀者，沒有把意見填上，依然大多數人沒有想著這個根本問題。

讀者對於報紙售價的問題，也有後列的四種意見：

| 情形 | 百分數 | 情形 | 百分數 |
|---|---|---|---|
| 太貴 | 46 | 恰合 | 4 |
| 便宜 | 40 | 無表示者 | 10 |

報紙讀畢以後，讀者對於廢報的處置是怎樣呢？也是我們所研究的一個問題，據我們統計所得，有如後列的情形：

| 處理種類 | 百分數 | 處理種類 | 百分數 |
|---|---|---|---|
| 保留 | 38 | 賣出 | 3 |
| 剪報用 | 26 | 棄去 | 6 |
| 包物 | 21 | 隨便用 | 4 |
| 轉別人讀 | 2 | | |

讀者對於現在的報紙，曾下了極忠實的批評。他們的意見，多以為：

（甲）關於紀載方面者，主張：

　　（一）報紙為民眾之喉舌，應翔實無訛，

　　（二）報紙應該大眾化，

　　（三）報紙要替人民說話，

　　（四）報紙不應刊載多量無關痛癢的新聞，

　　（五）報紙的編輯，不應太枯燥，

　　（六）報人應勇敢，不應不敢披露真實消息，

　　（七）中國報紙不應太商業化，

　　（八）報紙所載，不應往往有矛盾之地，

（九）對於外交消息，不應披露得太少，

（十）報紙不應僅像一架留聲機，

（十一）報紙不應隱沒事實，造謠生事，

（十二）報紙應竭力灌輸民族意識，

（十三）不應刊載有偏袒之新聞，

（十四）少刊引誘青年墮落之文字，應多多宣傳
國防常識等。

（乙）關於廣告者，以為：

（一）廣告與新聞相雜，有碍閱讀，殊不相宜，

（二）應另辦廣告報紙，平常報紙儘量避免廣
告化，

（三）報紙廣告刊載過多，

（四）取締不正當之廣告，

（五）不應刊載欺騙讀者之廣告，

（六）廣告費過昂。

（丙）關於新聞檢查方面者，以為：

（一）報館應呈請政府請求新聞檢查的合理化，

（二）報紙太缺乏言論自由權，

（三）新聞統制的結果，只有使報紙低落。

（丁）關於其他方面，以為：

應極端減少篇幅及紙張，則每年在用紙方面，
大批金錢的外溢，可以有節制。

又讀報者對於幾家大報的批評，摘錄於後：

《新聞報》 太庸俗。

《申報》 醫藥特刊使申報之地位減低不少。

《大公報》 評論較佳，然有時則過偏於某一方面，使

　　　　讀者大失信仰。

申新大公而外，讀者沒有提出對其他報紙的意見。

　　以上所獲得的統計數字，都是非常珍寶的從讀者方面直接得來，是一種不可泯滅的事實。希望經營報業的人們，盡心把這種事實加以精確的研究，使中國的報紙從此獲得了前途更加光明的新生命。

　　我們不勝翹盼企禱之至！

## 二、甘來，〈全國報紙的形形色色〉，《申報館內通訊》，第一卷第一期，1947.1，頁17。

本報收到的各地報紙，有二百二十一種之多，包括了六十幾個城市。

國內如新疆、青海、臺灣、雲南、貴州、四川、湖北、江西、廣西、福建、瀋陽、長春、錦州、北平、天津、廣州、漢口、濟南、首都及以江浙兩省各市縣，國外如紐約、星加坡、棉蘭、香港、加爾各答、尖美架埠等地的報紙，本館都有收藏。

關於各種報紙的編排，用紙和售價，都不一律。川、黔、桂等地報紙的價格，便從白報紙、土報紙兩類而定高低。例如目前在重慶出版的大公報，分用白報紙、嘉樂紙、土報紙印刷，零售價格，也隨之分為三百、二百四十和二百元三級。

國內的報紙，售價平均以天津、北平、廣州三地為最廉，每份兩大張到兩張半，只售國幣二百元。東北九省的報紙，每份售價是流通券二十元，折合國幣便要四百元。

愈是繁華的城市，報紙上的廣告愈為擁擠。香港、廣州的各大日報封面版必盡為廣告所佔。廣州報紙的廣告，獨多律師代表當事人刊佈的啟事和聲明，而且長行大字，可算是一個特點。

迪化出版的《新疆日報》，過去係用灰色土報印刷，紙質粗劣，竟比草紙還厚，最近方才改用白報紙。青海西寧所出《青海民國日報》，係用大楷紙。只印

一面。

分類廣告，在內地稱為經濟廣告，似乎更來得「名符其實」。《青海民國日報》的廣告刊例上，還附註有：「頌揚喜喪鳴謝等項，加倍計算」一語。

全國日報的名稱，冠用「中央」者最多，凡是重要城市，多有《中央日報》。其次當推「和平」，與「益世」。

國外的華文報，全是當地熱心僑胞斥資創辦，印刷精美，文字也流利可誦，實在值得我們敬佩！

### 三、新聞報編印,〈新聞報綱要〉、〈新聞報沿革〉, 《新聞報概況》,1931.9,上海圖書館藏。

（一）綱要

　　本館創辦時,民智未開,人民對於國家政治社會事業,鮮加顧問。故本報最初編輯方針,即注意政治消息,及政治評論,以引起讀者對於國內外政治興革及社會公共事業之興趣。在國內外重要地點,分駐通信記者,並在北京特組採訪專部,電訊靈捷,持論公正,當時即承讀者讚許,譽為輿論先導。迨民元鼎革以後,又鑒於民智幼稚,文化落伍,欲謀富強,首在教育。而通商以來,國外經濟侵略,步步進逼,欲謀立國,尤重商戰。乃先後增設「經濟新聞」「教育新聞」二欄,延聘專家,擔任編輯,除分別刊登商業教育兩界重要消息外,兼載關於時事問題之論文,故近數年來,本報在教商兩界,銷數激增。昔美國新聞學家威廉氏嘗謂:「報紙言論,欲求公正翔實,首須有獨立之經濟。蓋經濟不獨立,難免為人利用,而言論即不能公正翔實。」本館素以「經濟獨立」四字為辦報宗旨,與威廉之言,不謀而合。此後仍當本此宗旨,繼續努力,注意政治社會教育經濟各種消息,力謀公正翔實,以期毋負讀者四十年來愛護之至意。尚望讀者時加匡正,增加本報服務社會之效能,是所盼幸。

（二）沿革

　　本館於前清光緒十九年,由華商張君叔和等組織公司,推丹福士為總理。後因事破產,遂為美國人福開森

（J. C. Ferguson）君所購得，聘汪漢溪君為總理，時在光緒二十五年十月初二日，即西曆一八九九年十一月四日。迨光緒三十二年閏四月初十日，即西曆一九〇六年六月一日，改組有限公司，照香港法律註冊。民國五年三月二十九日，英公司解散，復改組美國公司，在特萊佛省註冊，仍以福開森君為總董，汪漢溪君為總理。民國九年春，因公司事務殷繁，添聘汪伯奇君為協理。汪漢溪君總理新聞報館，抱定經濟獨立之旨，歷經困難，力崇正誼，不為威脅，不為利誘。民國十三年十一月，以積勞病故，汪伯奇君接充總經理，汪仲韋君為協理。民國十八年福開森君無意經營，乃將股權出讓，完全為華商所接受，資本國幣一百二十萬元，改組註冊為華商股份有限公司，以吳蘊齋君為董事長，汪伯奇、仲韋二君任職如故。此本館沿革之大略也。

## 四、森林，〈本報刊行漢港兩版始末〉，《申報館內通訊》，第一卷第十期，1947.10，頁 25-30。

　　民國二十六年十一月十三日，國軍撤離上海，敵寇侵入租界特區，本報當局為保全報格，拒絕檢查起見，乃於十二月十五日，毅然停刊。距離國軍西撤之期，恰係一個月零一天也。

　　同時，本報為宣揚國策，配合政府長期抗戰計，決貫澈始終，易地奮鬥，爰將館中一部份機器，間道運往漢口，於廿七年一月十五日，在漢口發行漢口版；並為加強報導，以應華南讀者需要，於同年三月一日，在香港發行香港版。

　　二十七年雙十節，本報既以美商哥倫比亞公司名義，在滬復刊，館方當局為集中人力物力計，除漢口版已於七月三十一日停刊外，香港版亦於翌年七月三十一日結束。

### 漢口版

　　本報漢口版發刊於二十七年一月十五日，地址在特三區湖南街23號。登記證內政部一一八號，中宣部廿四號。報紙之號數，係銜接滬版廿六年十二月十四日第二三二〇八號之後，為二萬三千二百零九號。

　　漢口版復刊詞云：「本報在滬刊行，歷六十六年，卒因上海失陷，暴敵摧殘，不得已於昨年十二月十五日，自動停刊。同人等以抗戰期間，報紙職責，更為重大，若不繼續奮鬥，何以盡國民義務，爰抱最大決心，

聞道來漢，籌劃復刊。幸得各方援助，於停刊後一月，復得與國人相見於漢皋，值此復刊之日，萬感交集，不知所云，姑述所見，就質國人。

本報為國人經營最老最大之新聞事業，言論記載，夙為國人所共見。六十餘年來，以客觀態度，評論宇宙萬象，以科學方法，報道世界消息。所引以自矢者，厥有兩義：其一，堅守國家立場，不苟且，不屈服；其二，抱定工作精神，不欺騙，不枉曲。報紙而不能堅守國家立場，則其不足以盡指導社會之天職，無待煩言而後明。人有人格，報亦有報格，報紙苟為金錢所誘惑，威力所劫持，則報紙之精神已喪失，尚能自詡為社會木鐸哉！況外敵侵凌，報紙倘屈服於暴力之下，希圖苟存，則國家民族尚有何望，同人等本此立報精神，所以在滬毅然宣告停刊也。移漢刊行，益當淬礪，冀有所貢獻於全民之抗戰力量，同人等所以自效於國家者，唯此而已。

抑更有進者，溯自我國抗戰以來，時逾半載，前線忠貞將士前仆後繼，奮勇殺敵，誠為我民族爭取獨立自由之最悲壯最忠烈之血史。若從整個戰局觀察，則今日實為抗戰最重要時期之開始。在過去半年間，失地雖多，犧牲雖大，然尚為整個戰局之前哨站，今後一年乃至兩年，始為決戰之重大時期，故我人在此時期之奮鬥，尤當百倍千倍於過去。我人試觀古今中外歷史，凡一民族為爭取其生存權者，莫不遭遇無量數鉅大之困難，忍受無量數深刻之痛苦，而後始克貫澈其目的，奠定其基礎。我中華民國歷史雖久，文化雖古，惟因惰性

過深，積習太重，致事事落後，人人腐化。近年在我賢明最高領袖指導之下，復興事業，創其端緒，因此為人所嫉視，乃藉其舉國數十年來所積蓄之力量，加諸我人身上。以為非如此不足以窒我生機，制我生命。故我人為保衛我生存，守護我國土，亦不可不盡我人之財力，人力，物力，以事周旋。吾人相信中華民國有極大潛力，必能排除一切壓力，抵抗一切武力，以全民族之赤血，突破萬重難關，打開一條生路。

吾人相信現代科學化武器，雖足以破壞堅固之陣地，摧毀難攻之天險，然終不足以消滅民族之正氣，全民族果能保持正氣，與敵肉搏，則武器雖精，兵力雖強，亦將屈服於正氣之前。凡一民族所賴以為保持正氣之中堅者，厥為中流階級，易辭言之，即為智識階級。我人服務報界，雖未敢自立於智識階級之林，然我人所引以自勉，與乎社會所期待於我人者，或皆在此。本報在滬之停刊與在漢之復刊，皆為保持正氣，而有所不為與有所為而為也。土地可失，生命可取，惟此正氣，永不可奪。個人有此正氣，方有生命。民族有此正氣，亦方有生命。吾人為保持正氣而停刊，故不悲。吾人為保持正氣而復刊，亦不喜。吾人為保持正氣，願繼續作重大之犧牲，繼續作更大之奮鬥。

本報夙昔主張，不重理想，但求實際。不談主義，但論辦法。數十年如一日，永矢弗渝，際此國家民族存亡危急之秋，凡我國人咸能各守分際，各竭智能，在實際上求辦法，在實行上求效能，勿虛驕，勿怠惰，拿出良心說實話，負起責任作實事，舉國在我賢明最高領袖

領導之下，同心一德，努力奮鬥，則整個戰局最後勝利必屬於我，無疑義也。本報籌備，本極匆促，且道路梗塞，印刷材料，消息來源，尤感缺乏。勉強復刊，簡陋自所不免，所望邦人君子，諒其愚忠，加以指導，則同人之微力，果有所貢獻於國家，皆為諸君子之賜矣」。

漢口版自發刊以至停刊，共計發行報紙一百九十七號，即自二三二○九號起至二三四○六號止。在此半年餘之時期中，漢口版同人，可謂無日不在艱苦困難中奮鬥，以最少數之人力物力，維持其繼續不斷之出版，實非易事。當時每日刊行一張（即等於今日本報一大張之半），版式亦如滬版，每版排新聞十三欄。

第一版為國內外電訊要聞及社評；第二版為當地新聞、各地通訊及廣告地位。通訊材料以上海及香港兩地為多，良以東南避難人士之在漢皋者，無不注意此兩地之消息者也。

本報以歷史地位及外埠銷數關係，武漢人士對於本報尤為歡迎，寄以最大之同情。不問出版時間之還早，總以先睹本報為快。

內容方面，除消息迅速翔實外，凡最高領袖之言行，及可以振奮人心，助長抗戰大計之各種新聞資料，莫不擇尤披露。二十三年七月，廬山軍訓團蔣主席之精神訓話：「抵禦外侮與復興民族」，為我國抗戰史中重要文獻之一，文長數萬言，本報漢口版即以一星期之時間，自二月六日起，排日刊載報端，當時讀者，莫不因此而益增敵愾同仇之心也。

此外如徵求敵軍暴行及戰區照片，刊行歷代禦侮人

物誌，兒童節發行國破山河在畫刊，及漫畫特刊等，均為本報漢口版根據復刊辭中所謂「負起責任作實事」是也。

二十七年七月底，以戰事漸緊，空襲頻仍，不得不放棄漢口，謀遷桂林，乃自卅一日起宣告停刊。

## 香港版

本報香港版創刊於二十七年三月一日，港府新聞紙登記證第二八四號。館址初在雲咸街七十九號，嗣以加強篇幅，原址不敷辦公，遷移至砵甸乍街二號。印刷方面以當時交通梗阻，運輸困難，不獲將機器遷港，乃由當地印刷公司代排。

廣州及香港為外人在華辦報之濫觴地，尤以香港《華字日報》與《循環日報》，以年代論，與本報堪稱伯仲，本報以避寇南遷，寄跡香島，得與華文之最老報紙，及其他同業，共同奮鬥，不可謂非報壇之佳話也。

本報香港版創刊之日，即用紅色套印，鮮艷奪目，非常悅人。第一條本報啟事云：「敬啟者，本報自民國二十六年十二月十五日，在上海因環境關係，自動停刊後，即於民國廿七年一月十五日，在漢口復刊。茲為適應華南人士及海外僑胞需要起見，即日起在香港另刊港版，特此啟事，即希公鑒」。

港版初刊時，日出一大張，第一版除社評外，均為廣告地位；第二版為專電及國內通訊；第三版國際新聞、通訊、特載、華南要聞；第四版本港新聞、船期、商情、影劇，及天氣報告等。第二、三兩版，除新聞

外，並無廣告地位。

香港地位特殊，環境亦異，港政府當時對華文報紙，初尚取緘默態度，旋即對當時各報文字之檢查，漸行嚴格，本報港版版面，常見被檢查處，植以空鉛之框或Ｘ，而ＸＸ之代替敵寇字樣，即在六欄九行字之大題目中，亦數見不鮮。

三月一日，香港版之發刊獻詞云：「本報在滬出版，歷六十六年，為國人獨資經營之新聞事業，六十餘年來，備嘗艱苦，惟始終淬礪奮發，以求有所貢獻於國家。

去冬淞滬淪陷，輿論界在暴敵壓迫下，無由發揮其威力；本報謬膺全國之責望，義不容苟且圖存，因寧忍痛犧牲，易地奮鬥！

本年一月中旬，本報在漢復刊之日，揭櫫兩義，正告國人：其一，對內抱定公正精神，不欺騙，不枉曲；其二，對外堅守國家立場，不苟且，不屈服，請引申之。

人有人格，報有報格，本報記載翔實，言論公正，數十年如一日。夫世事之變化，至繁且速，勢不能悉窮其源，作包羅萬象，及銖兩悉稱之報道，抉擇取捨之標準，乃貴於嚴明。本報之新聞網，雖籠罩全球，而對新聞原料之估量，則素稱慎重，每有言論發表，尤務求至公無偏不為威迫，不受利誘，以期保全多年堅持之報格。

神聖的抗戰運動，今方揭開其幕序，前線數十萬忠勇將士，冒砲火，忍飢寒，衝鋒陷陣，為國效死。七個

月來，雖敵我軍事上之勝敗互見，而敵人速戰速決之迷夢，則已為我所粉碎。就全局言，過去戰爭，僅為前哨之衝突，今後乃入於主力之決鬥。凡我國民，其各發揮全般力量，以渡此嚴重之難關，樹復興之基礎！

華南為國民革命策源地，我最愛國之海外僑胞，亦幾全出於華南。抗戰以來，華南健兒，慷慨赴難，其犧牲之悲壯，已博得全民族無上的崇敬！至於華南在國民經濟上之地位，及與國際交通上之關係，其重要性更不待言。本報有鑒於此，特於本日起，另刊港版，期與華南人士及海外僑胞，作更親切的聯繫，並願獲得其指導。

本報在港匆促籌備，勉強發刊，篇幅有限，簡陋更所不免。深望全國讀者，以及當地同業先進，諒其愚忠，時加鞭策，俾得勉盡其天職。救亡大業，任重道遠。先哲有云：「天下重擔子，惟硬脊漢方挑得。」本報不敏，敢本此義，與國人共勉，並以自勉！」

本報香港版與漢口版相同，在當時有限之物質條件下，發展為民族為國家之苦鬥精神，無論在社評，在新聞，在特稿方面，凡有利於抗戰建國者，發聲振聵，無不大聲疾呼，出以最醒豁、最強調之語調。對於敵偽組織口誅筆伐，使無遁形。凡報紙培養正氣，發揚國力之所在，本報漢港兩版，蓋已盡其最大之責任矣。

港版於廿七年三月一日發刊，至二十八年七月卅一日結束，前後刊行報紙四百七十七號，計為時一年又半餘。在此時期中，港版幾無日不在尋求精進中，其舉舉大者，則有如下述：

　　二十七年十二月五日起，港版由日出一大張擴充為兩大張，內容分專電、特訊、評論、特寫、翻譯、交通旅行、自由談、經濟新聞、體育及電影戲劇等十大類，一時銷數大增。

　　二十八年六月十二日起，增闢春秋副刊，二十一日起，增「現代青年」。其發刊詞云：「……我們要在這裡紀錄下偉大時代的青年們的奮鬥的痕跡，我們也要在這裡討論古今中外青年生活，與奮鬥的經驗和教訓……」

　　六月廿日《申報畫刊》出版，係八開本影寫版精印，創刊號封面為馬相伯先生肖像，用五色橡皮版印，其創刊詞云：「《申報》是一張老牌的報紙，但工作人員，卻隨時想求革新。……馬相伯先生從小就熱心革命，至今不衰，……本報所以用相老近影，作我們創刊的封面，便是把馬老先生的素志，當作本刊座右銘，自相勉勵，自相警誡……」

　　六月底，本報香港版，以空前新聞界未有之貢獻的姿態，推行「學生一元讀報運動」，俾青年洞悉祖國抗戰之實況，國際之大勢，而激發其民族思想，及愛國熱忱。此外又曾舉行中學生論文競賽，加強救亡工作。

　　本報漢港兩版，雖出版時期只數個月至 1 年半，在本報七十五年之悠久歷史中，可謂極短暫不足道，但當時舉國奮鬥，對敵寇作殊死戰，兩版同人在極簡陋之設備，及極貧薄之物質條件下，聊盡報人之天責，雖其成就初不足觀，但當時之興奮赤誠，只知有國，或亦能於上文中略窺一二乎！

## 五、邵翼之,〈我所知道的上海時報〉,《報學》, 第八期,1955.12,頁 76-79。

在抗戰前,《時報》為上海三大報之一,與《申報》、《新聞報》鼎足而峙。依創刊先後為序,《申報》居長,《新聞》次之,《時報》第三。滬人論報,簡稱「申」「新」「時」,亦即本此。《時報》創刊,以迄停刊,歷卅餘年——民前四年至民國二十九年中間一度易主,創辦人狄楚青,接辦人黃伯惠——抗戰初期,上海淪陷,《時報》與申、新遭同一命運,未及內遷,終因受不住敵偽壓迫,於二十九年夏自動宣告關閉。勝利以後,亦未復刊,此一具有三十餘年歷史之上海第三位大報,不復與世人見面,迄今已十有五年。

黃伯惠氏於民國十五年接辦《時報》,連續歷十五年,在此期間,銳意改革,在福州路小花園自建新廈,向德國購置套色輪轉機,換用新體六號字,設攝影部,闢照相室,注重新聞片,附贈圖畫時報,他如減少篇幅——兩大張——精編內容,採用新聞版面,套印紅色標題,重要新聞及照片用彩色套印,注重體育、社會及經濟新聞。發行方面,利用京滬、滬杭鐵路及航機,發行京杭版及航空報,處處別出心裁,事事不同凡響,當時在全國各大報中,可算是獨樹一幟。因此論時報者毀譽參半,譽之者謂為「報界異軍」,毀之者謂為「怪誕不經」。此雖見仁見智,看法不同,以今視之,《時報》對於促進我國報章之改革,自有其不可磨滅之貢獻。

筆者於黃伯惠氏接辦後兩年加入《時報》,迄

二十九年時報關閉後襄助黃氏辦理結束止，十餘年來，
適值《時報》革新階段。茲篇僅就記憶所及，錯誤難
免，尤其所記年代，希望讀者不吝指正。

　　《時報》創辦人為溧陽狄楚青，名葆賢，別字平
子，又署平等閣主，亦即上海有正書局主人。狄氏係溧
陽名士，家學淵源，酷嗜碑帖字畫，鑑別功夫，獨具隻
眼，當年有正書局用珂帖版影印碑帖字畫，最早最多，
足可代表狄氏個性，同時亦為狄氏嗜古之結晶。狄氏著
有平等閣筆記，詩書畫，稱三絕，因健康關係，疏於寫
作，致外間流傳極少，識者獲得片紙隻字，視若拱璧，
東瀛文藝界尤予推崇。狄氏書法宋柳，勁道飛舞，自成
一家。親題《時報》報頭，因不愜意，數易其稿，嘗謂
《時報》二字最難寫得勻稱，但《時報》報頭字體，終
為三大報中之最美者。《時報》與有正書局既屬一家，
最初社址即與書局毘連，並列在望平街，有正書局塔形
新廈落成後，時人曾稱《時報》為「塔報」。

　　在狄氏辦《時報》期間，松江陳景韓先生主持筆
政，陳筆名冷血，創短評，標為時評，文筆犀利，切中
時弊，嗣後各報之有社評社論，實以此為先河。《時
報》因狄氏個性及其事業關係，對文化教育及學術方
面，提倡頗力，因此獲得當時教育界人士擁護。尤憶在
中學讀書時代，校中每日必張貼《時報》一份，他報不
與焉。《時報》附刊名小時報，純文藝性，刊載平等閣
筆記。據謂當年主編小時報者為以後依附軍閥死於非命
之畢倚虹。畢在滬私生活極糜爛，卒因不耐清苦，脫離
崗位，下場如此，是亦報人中之無行者。《時報》紙張

印刷，較申新均差，一紙在手，**翻閱未竟**，十指盡黑，如以包物，常受污損，故恆不喜觸及之。《時報》至十三、四年間，因賠累過鉅，難以支持，加之狄氏晚年多病，茹素念佛，事業心衰退，亦為失敗主因。時陳景韓先生已轉入《申報》，主持筆政，對《時報》局面，仍極關心。

黃伯惠氏適於此時自英倫留學返國，黃氏原籍安徽休寧，寄籍江蘇洙涇，已有數代，與陳為世交。談及辦報，甚感興趣，經陳居間，狄氏之《時報》，遂以銀元四萬，全部盤與黃氏接辦。黃氏默察當時環境，新、申已執報界牛耳，《時事新報》崛起，力爭上游，《時報》非澈底改造，難以與人爭衡。經與陳籌劃之後，決定一切從新做起，如建築新廈，購置新機等，在接辦兩年之內，全部完成，《時報》面目，至此一新。

黃伯惠氏自任《時報》總經理，陳景韓先生遙領編輯，故當時《時報》編輯部組織，與他報不同，不設總編輯，亦不設主筆，僅分本埠新聞與外埠新聞兩部份，前者包括體育經濟附刊等，後者總攬國內外電訊及地方新聞通訊。另有編輯六人，當時負責外埠版者為蔡行素，係狄氏時代舊人，籍松江，老成持重，與世無爭，為《時報》元老，亦與《時報》相終始，做至《時報》關閉為止。本埠新聞由吳靈園負責，吳籍青浦，為當時小說作家之一，聰穎活潑，富創造性，《時報》版面之標新立異，多出吳建議，頗得黃信賴。吳中途因改營商業，堅決離去，自在杭州旗下開設「西湖一朵花」百貨店，經營得法，不三年已儼然富商巨賈。

　　抗戰軍興，杭州繼滬淪陷，吳於結束店務後，返滬寓居，又雖一度再進《時報》，未幾患腳骨瘍，鋸去一腿病歿。

　　《時報》外勤八人，不設採訪部，受本埠負責人指揮，分區探訪，因注重新聞照片，社中購置照相機多架，記者出門均可領用，並可領軟片一盒（十二張），依照社中規定，領用軟片，每盒至少要有兩張照片在報上發表，方可抵銷。

　　其計算標準，係根據《時報》照片稿酬每張至少一元而定，當時軟片價格每盒不到二元，如有二張照片可以採用，報社已不吃虧，同時鼓勵記者多攝新聞照片。社中暗房設備齊全，沖曬極便。

　　因此《時報》外勤幾全部學會攝影和沖曬的初步技術，攝影記者張有德，更以在《時報》攝影出名，自設「有德」照相館，營業鼎盛。

　　陳景韓先生對《時報》編採同人寄望甚殷，認為在《時報》當時物質條件優越之新局面下，必可訓練一批新人。每當午夜之後，常至《時報》，除指示處理當日重要新聞外，對編採同人頗多啟示。此一白髮盈顛道貌岸然之老人，經常手持雪茄，目架鏡片，話匣一開，娓娓不倦。筆者當年嘗廁身請益，至今印象尤新，因《時報》篇幅縮小，他對編輯指示，大前提為「去蕪留精」。嘗比喻說：「《時報》不能如伙食公司櫥窗內所陳列之生菜，必須如有名菜館供應熟餚，並須每日有一兩條新聞，編得很出色，如菜館之有特製美味，如此必能招徠讀者」。他對標題，持論尤嚴，他說：「任何形

式之標題，必須一氣呵成，主副明朗」。他不主張標題行數太多，亦不主張用生澀字眼，要生動，要有力，要人人看得懂，要看了會引起反應。他說：「一個好的標題，可以引人閱讀，一標題如平淡失當，好的內容，每易被人忽略過去。反過來說，標題做得好，內容不佳，亦常令人失望。因此標題與內容必須配稱得恰到好處。」談到編排版面，他說要預先佈局，視當日新聞份量之重輕，權衡地位，預擬腹稿，稿子發完，版面亦定。最後如有重要新聞，最好換一格局應付之，切忌改動以前所排好的字塊，以致耽誤時間。版面美觀與否，與新聞有關係，最重要者尚在新聞銜接有序，了然醒目，新聞照片位置得當，可使版面增加美觀。

陳先生對外勤說：「訪新聞要跑，用目不用耳，寫新聞要客觀，不參加己見，此之謂忠實報導。」他反對「有聞必錄」的說法，認係不負責任的遁詞，他亦反對「流水帳式」和「起居註式」的寫法，認將令人生厭。他說「新聞文學，為純粹客觀的紀事體裁，不用深奧字，亦非白話文，造句要簡潔，文筆要生動，使事實真相，躍然紙上。

描寫人物，如見其人，敘述動態，如臨其境，首先提綱絜領，寫得層次井然，此之謂上乘。陳先生亦擅攝影，他說：「新聞照片與美術照片，截然不同，新聞照在搶鏡頭，曇花一現之動態，稍縱即逝之變化，如能及時收入鏡頭，自成佳作。運動場上，係練習拍新聞照之最佳場所。」

陳景韓先生所予人印象，是不苟言，不苟笑，無疾

言，無厲色，名雖為「冷」，實富熱忱。臨事從容，大有「泰山崩於前而色不變，麋鹿趨於左而目不瞬」之概。生平視富貴如浮雲，因與葉琢堂友善，兼任萬國儲蓄會撰述廣告工作，是視新聞事業為終身職業者。大陸淪陷後未聞消息。

《時報》攝影部與製版部為當時上海各大報中獨有之設備，在其新廈四樓所闢之照相室，雖大型照相館，亦莫與之京。打蠟地板，明暗燈光，玻窗繡幕，富麗堂皇，化裝室、更衣室齊備。因此社團活動，常被招待至時報攝影部。黃伯惠氏亦擅長攝影，滬上業餘攝影家時與往還，有名之攝影團體「華社」即在時報正式成立。

《時報》對製版工作極為精細，一幀照片之刊出，經常由編者決定式樣後，尚須經過修照、製版、剪樣、貼樣等四項手續，其間修照工作，係屬專門，須有噴筆等設備。製版網線，亦視照片而差別，在技術方面，總期竭其盡善盡美之能事。兩部主持人為唐鏡元先生，唐為攝影名家，並自營製版廠，學驗俱豐，唐之攝影作品，常在圖畫《時報》發表，署名唐僧。

《時報》上之照片，讀者反應如何，當年蔡子民先生在一次演說中曾予論及。時當全國運動會在杭垣舉行之某年，在十天的會期中，《時報》包專機一架，每晨由滬飛杭，專送時報，此在中國尚屬創舉。會後《時報》在西湖聚豐園舉行宴會，酬謝各界，蔡先生時應張靜江主席之邀，留杭小住，由黃伯惠氏親往邀請參加宴會，席間蔡先生致詞說：「就藝術觀點言，一張報紙能做到『真』『善』『美』三者俱備，一定可以『洛陽紙

貴』，使人愛不釋手。好的照片，也是一樣，報上能多予發表，不僅增加美感，對於藝術方面貢獻亦大。《時報》近來刊登照片甚多，實為一大進步。」

《時報》對發行方面，亦經常絞盡腦汁，上述之包機送報即其一端，其動機與過程可得一述。《時報》因注重體育，每屆全運會，絕對不放鬆，是年在編採方面事先已充分佈置，獨因滬杭運輸火車或汽車均受時間限制，發行不能迅速。黃伯惠最後決定包用飛機，經密商後，立派員與某航空公司接洽包機一架，自某日至某日，共計十天，每日清晨，由滬運載《時報》，飛杭交卸。並與公司訂約，公司方面一切手續，均予照辦。《時報》提出唯一條件，即在此十天之中，公司不得再接受另一客戶，包機飛杭。時滬上僅有一家航空公司，時報此一條件，已杜絕他報效法。合約簽訂後，雙方於事前均保守秘密，社中亦絕少人知。

《時報晚刊》，發行最早，自東北事變起至上海淪陷止，未嘗間斷。初稱號外，創刊伊始，因各通訊社無午稿，時鬧稿荒，嗣與路透社商妥，每日午前取英文稿一份，自行翻譯，重要消息甚多，在時局震盪之際，發行蒸蒸日上，最高紀錄達十萬份，超出日報兩倍。李頓調查團報告書發表之日，《時報》搶先於當晚全部發刊，自取稿——國聯規定上海於下午六時發表——以至發行只需兩小時，完成一萬餘字之長篇報告，為編排澆印各部門通力合作之最高表現。

《時報晚刊》每日下午發刊時，小花園一帶——福州路與漢口路之間，報販麇集，交通阻塞，工部局經常

須派交通巡捕來維持秩序，儼然成為第二望平街，厥後各種晚報崛興，《時報晚刊》改出一大張，每日闢一附刊，內容為電影、戲劇、無線電、衛生、服裝、及舞刊等。

《時報》京杭版於每夜十二時發行一大張，趕交京滬、滬杭等夜車運出，故在京杭兩地，《時報》與當地報紙於每日清晨同時與讀者見面，另一大張則與上海各報同時發行，在京杭兩地又與上海各報同時分發。此種發行辦法係仿效日本報紙。

據謂當時《大阪每日》、《東京日日》及《朝日新聞》等每日均發行四次，稱為第一次版以至第四次版，每次發行兩大張，全份為八大張。由於交通方便，運輸迅速，東京、大阪各大報，當日可銷達全國。《時報》為客觀條件所限制，雖盡最大努力，仍瞠乎其後。

黃伯惠視《時報》為第二生命，重視新聞及照片，精研印刷技術，常厠身機器房內，研究試驗，裝束如工人，往往深夜不歸，倦後即在辦公室地下舖報紙倒臥。其對員工，親切如家人，時報上下，無閒言者。黃氏常以自備汽車供記者乘坐採訪，曾謂上海地方遼闊，要人汽車，均係最新年代，風馳電掣，瞬即不見，記者如租用出差汽車，往往望塵莫及，因而遺漏新聞。

《時報》每日發行三次——晚刊、京杭版、日報——編印部門，分班工作，每人做兩班，不增添人手。在此時期，《時報》員工每日除工作睡眠外，已無餘力。此種情形維持一相當時期，直至淞滬戰事爆發，京杭版取消為止。

　　《時報》發行，著重上海，對當地新聞，視若拱璧，社會新聞尤甚，當時上海租界在英法兩工部局管轄之下，表面雖極繁華，實已早被稱為「萬惡之藪」，綁匪橫行，奸邪百出，離奇案件，幾無日無之。不願披露之事主，常拉關係向時報說項。黃伯惠曾為此在編輯部宣示：只要是工部局警局或法院公開宣布的案子一律刊登。他並加重一句說，即是他本人有什麼事發生，亦得照實刊載。黃氏此言，雖將一切請託之門堵塞，不幸一語成讖，某年夏間，黃氏亦一度遭綁匪綁架。

　　黃伯惠氏住江灣黃隆路，常深夜自駕汽車回家。某夜一時許，在小花園報社門前獨自一人登車後，正撥動機扭，三匪從旁躍上，出示手槍，嚇禁聲張，一匪開車，兩匪監視，直駛而去。《時報》司閽見狀，急登樓報告，編輯部同人，一面通知黃公館，一面分電租界及華界警務機關，設法蹤緝。外勤全體出動，會同警方有關人員，不分水陸，連夜追查。上海特別市警察局長袁良並親書手諭，交與《時報》記者，隨時隨地可請警方協助。編輯部遵照黃氏以前指示，已在《時報》發表。黎明之際，接獲外勤電話，黃氏已安然脫險，距被綁僅四小時，破案之迅速，創上海綁案之最高紀錄。

　　綁架黃氏匪徒，深知報社與警方連絡迅速，在陸地隱藏不易，預在滬西漕河涇繫一小舟，綁黃得手後，將黃眼鏡除去，用布條紮緊，迨汽車至河濱附近，逼黃下車，步行至舟中，使黃蜷伏艙底，由一匪監視，準備於天明啟閘時駛往青浦鄉間藏匿。市警局水巡隊當夜已接到命令特別盤查可疑船隻，此一藏匿黃氏之匪船，在水

巡隊嚴密戒備下，毫無抵抗，匪票併獲。事後黃氏復續接恫嚇信，遂決定赴歐美考察，離滬約有一年。

黃被綁事件，足表示時報對揭發「社會新聞」之堅決態度。《時報》登載哄動一時之「社會新聞」有「黃慧如與陸根榮主僕戀愛」、「馬振華自殺」、「太湖巨盜太保阿書伏法」、「周匪恩來在滬主使租屋埋屍」等案均連續刊載，詳盡無遺，致有「誨淫誨盜」之譏。黃氏聞之，並不介意，嘗謂政府現正努力收回租界，報紙揭發租界罪惡，正可促起國際間注意。世界上任何國家，除帝國主義之殖民地外，藏垢納污，無如上海租界之甚者。報紙每日所載，恐尚不及百分一二。有謂租界上綁案之多，係受外國偵探影片之影響，此與詆毀時報者同一眼光，可勿與較。

《時報》經理部與各報組織相同，設發行、廣告兩部門，但因篇幅關係，對廣告方面未予特別注意，五彩印刷機亦未曾在廣告上發揮效能，因此影響收入，以致賠累。惟當時上海各報對廣告部門，似均無完備之組織，因此廣告公司應運而生，其規模大者，竟可操縱各報之廣告版面，並與各大報訂約包定每月供給廣告數量，而獲得優越折扣及指定地位之便利。廣告公司憑此經營，大事招攬，同時在設計方面，力求完備。代客設計，代客擬稿，代客製版，代客送登，一應俱全，客戶為避免麻煩，多趨之若鶩。廣告公司並代送新聞宣傳稿，儼然各大商家之宣傳部。在此種情況下，各報之廣告員幾無發展餘地。此或為當時上海之獨有情形，然如各報廣告部門，能予擴大，依照廣告公司之組織，力求

予客戶便利，則廣告公司將無從寄生，而報社收入之基礎自然鞏固，因見時報缺點，故走筆及之。

《時報》篇幅僅兩大張，在當時環境確嫌過少，以致（一）新聞方面，不能普遍發展，畸輕畸重，顧此失彼。（二）大幅廣告不能容納，如電影廣告等。（三）在訂戶手中，與各報相較終嫌量少。黃伯惠辦報時，新自歐陸歸國，習見工業社會環境，因人事匆忙，工作緊張，閱報多在車中或休息之頃，篇幅較少之報紙，比較適宜。但上海為商業中心，人口雖稠，儘多有閒階級，茶餘酒後，瀏覽報章，費一、二小時，滿不在乎。商人因營業競爭，每多注意廣告，猶如普通家庭婦女都喜閱電影廣告一樣。此皆由於社會環境不同而各異其趣。《時報》在全盛時代，未能保持發行紀錄，穩定經濟基礎，此殆為一重要因素。

上海租界在日軍次第佔領浙滬京杭期間，炮聲遠離，反似暴風雨後的沉寂。各報照常出版，在字面上，僅「敵」及「暴敵」等字避而不用，改以「日」或「日軍」替代之。當是時，黃伯惠作最後打算──關門。他告時報同人，認定此種局面，不能持久，日軍的壓迫，必將踵接而來，但他為維持員工生活關係，準備掙扎至最後一刻。並謂從即日起，《時報》收支公開，除生活費用每月由社負擔外，如有盈餘，全數分給同人，以資補助。此種勞資合作辦法，時報員工，心悅誠服。

但好景不常，日軍在經過短暫期間，即透過租界工部局的「保護網」而向上海報界進襲，最初施展懷柔手腕，邀各報負責人座談，舉行記者招待會，與會者如上

堂聽講，均面面相覷，默不作聲。繼此之後，遂有日軍新聞檢查所之設立，不送檢查或不遵檢查以及被認為「敵視」之報紙，先後受到「警告」、「傳訊」等處分，嚴重者被勒令關閉並捕去負責人。同時有少數報人，突告失踪，未幾又傳某報人在虹口新亞酒店——日軍臨時司令部——屋頂被斬首，《申報》記者金華亭，大公通訊社邵虛白，《大美晚報》張似旭、朱惺公等，均先後在租界熱鬧場所被狙擊斃命，整個上海報人圈內，風聲鶴唳，人人自危。《時報》同人雖幸平安渡過，但精神上所受打擊，難以言喻，尤其在上下班時間，藏頭躲尾，繞道迂迴，走進報館，鐵門下鎖，方獲安心。風聲緊時，相率不出報社鐵門一步，一連數日，如繫牢獄。28 年汪逆精衛逃離重慶之後，時報內部亦掀起軒然大波。

早在汪逆之《南華報》由粵遷滬出版改稱《中華日報》時期，汪逆爪牙林柏生、曾仲鳴、趙慕儒等與《時報》內外勤因業務上關係，往還甚密。全運會在南京舉行時，《中華日報》曾委託《時報》代印，全部利用《時報》版面，僅更換報頭。有此一度淵源，故在29年汪逆嘍囉潛滬以後，竟挾有劫奪《時報》之陰謀。唆使少數意志不堅之記者在社內煽動，初施勸誘技倆，繼之以恫嚇並醞釀罷工。黃伯惠洞悉其奸，並認時機急迫，於某日午夜之後親向工部局宣告《時報》關閉，請求立派探捕保護房產。據謂此係根據英國法律，工部局立允所請，派探捕當夜執行。

《時報》關閉後，員工分散，落水份子，顯露原

形，但對黃之緊急處置，措手莫及，卒歸失敗。黃伯惠氏乃於相當時期以後，親回報社，從容收拾殘局。窗門啟處，蛛網塵封，筆者當時曾隨同檢點，觸景生情，不勝有今昔之感。黃氏曾暗示：《時報》恐永無復刊之期。因黃氏資財，大部份已耗於《時報》，獨力重整旗鼓，誠戛戛乎其難，黃氏亦不會將《時報》二字售與別人接辦，《時報》將即此壽終正寢矣。

黃氏對於《時報》套色輪轉機，常有「楚人無罪，懷璧其罪」之誡。經密議後決定將該機出售，惟對方如係敵偽，絕對不予考慮，唯一希望，是折價售與本黨。是年冬筆者潛行赴港，行前，黃氏曾交待該機清單一份，翌年吳鐵老自南洋宣慰抵港，曾將黃意代為轉達，鐵老擬邀黃內遷與黨合作。旋因太平洋戰事爆發，未及成議。復員後，聞黃之機器曾承印《正言報》，大陸淪陷後，黃即逃港。黃氏早鰥，迄未續娶，現年逾六旬，孑然一身，此一以「怪僻」著稱之上海報人，遂沒沒無聞焉。

## 六、「上海市報館商業同業公會第廿一次臨時會員大會會議記錄」，1947.5/31，〈上海市報館商業同業公會第 1-19 次常務理事會記錄、會員大會記錄、第 23-39 次理事會議記錄〉，《申報新聞報檔案》，上海市檔案館藏，檔號：Q430-1-23。

（原文無新式標點，為編者所加）

上海市報館商業同業公會第廿一次臨時會員大會

時　間：卅六年五月卅一日

地　點：申報

出席者：孫道勝　嚴寶禮　俄文日報　　　葉性吾
　　　　郭永熙　原孟壎　屠仰慈　楊文卿　莊藝亮
　　　　李廣學　吳嘉棠　劉子瀾　湯肇封　汪大鏞
　　　　王顯廷　詹文滸　羅敦偉　馬樹禮　李子寬
　　　　范爭波　陸東生　王紀華　傅紅蓼　毛子佩
　　　　趙增祺

主　席：李子寬

### 報告事項

主席首作報告兩點：

二次配額較上次增加三成，但無額外五百噸進紙，故限額雖已增加，而總得反較減少。輸管會既無權變更限額，乃遵照上次大會決議，悉照各報美金成數折減 79 %。

關於三家被令停辦報紙，輸管會謂三報所有進紙（包括二三四月一季）不予結匯，惟三報配額，則仍予

保留。

## 討論事項

《東南》提出對二次配額表示不滿，謂為保持大會和平空氣計，該報願與其他四報會外調處，調處結果報會備查，並提出下次分配時，應予該報以提高配額之考慮。

夜報聯誼會具函建議，將停刊兩報（《聯合》、《新民》）之配紙，由該會代訂保管，並負責分配與其他各夜報應用，謂該二報可能復刊時，則仍恢復過去辦法歸還二報。

《大眾夜報》以該報行將復刊，望將該報列入夜報聯誼會配額內，並將停刊兩報配紙，先行代訂，將來可視各報實銷數公平分配，請大會通過。

主席謂上次額外進紙應早去訂，否則外匯變更，吃虧甚大。至如何變通各報進紙辦法，應不惹起同業感情糾紛，總望相互之間，先有諒解，公會才能辦理，方法上應請各報考慮。

《金融日報》提出，上次大會通過配紙每月十噸，原已不敷應用，現在打一折扣，與實際用紙量相去更遠，擬請大會再予考慮增加。

《飛報》上次提請保留增加之五噸，望設法補足。

《申報》提出謂本報於小組會時，雖減至一百九十噸，現經七九折減後，不惟不見增加，反較上次為少。現額外進紙已無，本次限額增加三成，本報究增若干，實無已自圓其說，提請大會保留，並將《申報》從免

折稱。

　　主席謂此乃根據上次大會決議辦理，希望《申報》
接受。

　　《和平日報》提議，將停刊三報用紙由各報代訂，
以補充缺額各報之需要。

　　《大晚報》謂二晚報在未正式奉令永久停刊前，不
應遽行提議分贓，本案應不討論。

　　《新聞報》謂三報被令停刊，處境已困難，此時即
行分紙，說不過去，並向大會提議兩點：

1. 為爭取時間儘速進紙起見，夜報聯誼會建議，將停
　 刊二報配紙代訂甚好，惟應僅屬保管性質，手續上
　 應取得兩報同意，並須具結兩報，以訂單提單等憑
　 據，書明號碼及代某報訂入字樣，一俟兩報（晚報）
　 復刊時，即由代訂各報照數付還，由兩報計息償付
　 進紙美金數額。

2. 停刊報二三四月一季配紙，由公會交涉，照准結
　 匯，又本季《文匯》配紙由公會替代訂入。

主席對《新聞報》所提最後一點，謂不能辦理，因公會
僅負責接洽手續，而不能直接訂紙之故，提議由一二家
報直接向《文匯》洽商代訂手續，而由《文匯報》指定
辦理。

　　《東南》提議由《文匯報》即行指定。

《文匯報》表示，本報如不能復刊，自無用紙可能，如
何接洽指定一點，應有考慮。

　　《聯合晚報》對《新聞報》提出代訂辦法，表示謝

意，聲明並不代表《新民報》。

《申報》堅持不能無條件接受配額。

*主席謂《大公報》所得配額更少於《申報》，如配額須改動，則《大公報》亦須同時增加。*

## 決議事項

《大眾夜報》要求，分紙由大會授權晚報聯誼會解決。

決議通過。

《新聞報》提議代訂暫行停刊報配紙辦法一點，即由會交涉准結停刊報之二三四月一季進紙。

決議通過。

《申報》要求保留於下次限額內另行增加相等配額，以彌補一二兩次之不足，《大公》、《新聞》兩家同時聲明情形相同。

決議記錄在卷。

## 七、「上海市報館商業同業公會第廿五次臨時會員大會會議記錄」，1947.7/21，〈上海市報館商業同業公會第 1-19 次常務理事會記錄、會員大會記錄、第 23-39 次理事會議記錄〉，《申報新聞報檔案》，上海市檔案館藏，檔號：Q430-1-23。

（原文無新式標點，為編者所加）

上海市報館商業同業公會第廿五次臨時會員大會

時　間：卅六年七月廿一日

地　點：申報

出席者：趙增祺　李子寬　王晉琦　汪大鏞　張麗生
　　　　范爭波　費文偉　陳訓畬　湯肇封　沈廷凱
　　　　傅紅蓼　劉慕耘　黃光益　原孟壎　嚴服周
　　　　郭永熙　羅敦偉　沈公謙　詹文滸　孫道勝
　　　　張志韓　李廣學　大美晚報

## 討論事項

如何應付報販對《申報》兩點要求，及擅自扣留《申報》報費案。

決議：如明日下午五時以前，報販仍不將《申報》報費繳足時，會員各報（外國文字各報除外）即行一律停刊（並不得發行或代印號外），以資應付。如有違反本決議者，除開除會員籍外，並須負擔其他各報停刊期內所受一切損失。

非會員各報由本會分別通知，請一律共同行動，如在各報停刊期內依然出版者，將來不得

為本會會員。（《大美晚報》、《商報》、《大公報》、《正言報》、《時事新報》、《東南日報》、《益世報》、《鐵報》、《申報》、《中華時報》、《大眾夜報》、《大晚報》、《小日報》、《金融日報》、《立報》、《飛報》、《和平日報》、《中央日報》、《新聞報》、《新夜報》、《華美晚報》、《自由西報》）。

## 八、「上海市報館商業同業公會第三十八次理事會議記錄」，1947.11/15，〈上海市報館商業同業公會第 1-19 次常務理事會記錄、會員大會記錄、第 23-39 次理事會議記錄〉，《申報新聞報檔案》，上海市檔案館藏，檔號：Q430-1-23。

（原文無新式標點，為編者所加）

上海市報館商業同業公會第三十八次理事會議記錄

時　　間：卅六年十一月十五日下午四時

地　　點：大公報館

出席理事：孫道勝　趙增祺　傅紅蓼　李子寬
　　　　　胡鄂公　嚴服周　張志韓　王晉琦
　　　　　毛子佩　劉子潤　王顯廷　呂　光

主　　席：李理事長

### 主席報告事項

主席報告：孫理事道勝函述，本業從業員收入微薄，擬請援公務員例豁免薪津所得稅。商談結果，先查明公務員繳納辦法，再行討論。

### 討論事項

一、續議制止《字林西報》增加篇幅案

決議：再函該報館，限三日內答覆恢復本月五日前原狀，每日出版兩張。逾限仍置不理，由本會向市府新聞處、社會局分別具函陳述申請制裁。制止《大美晚報》增出每日報紙張數案

決議：由本會去函限令恢復每日出報兩張，與《字林
　　　西報》同樣辦理。


二、英文稿通訊社再請增加稿費案

決議：（1）《申報》、《新聞報》、《大公報》三館
　　　照原稿費基數增加百分之廿五，（最多增至百
　　　分之三十，授權理事長洽談）。
　　　（2）其他各日報，仍維持前議增加百分之五。
　　　（3）英文版各報，俟自行商訂增加數後，再與
　　　各通訊社洽議。
　　　（4）各夜報，由通訊社直接商洽。


## 延伸閱讀

1. 閒話清末民初的上海新聞界／伍惠林
　 《春秋雜誌》，第 4 卷第 4 期（1966.04），頁 8-10。

2. 我與《新聞報》的關係／江仲韋（徐恥痕整理）
　 《新聞研究資料》，總第 11 期（1982.05），頁 127-157。

3. 史量才接辦申報初期史料／馬蔭良、儲玉坤
　 《新聞研究資料》，總第 5 期（1980.12），頁 153-159。

4. 關於時事新報的所見所聞／黃卓明、俞振基
　 《新聞研究資料》，總第 19 期（1983.05），頁 181-209。

# 貳 報館職工

一、「陳由根充當新聞報公司排字主任合約」，1919
　　年，〈新聞報館沿革及用人契約和職工總資料〉，
　　《申報新聞報檔案》，上海市檔案館藏，檔號：
　　Q430-1-173。

（原文無新式標點，為編者所加）

立承攬人陳由根，今願充當新聞報公司排字主任，對於
後列各條自願遵守：

（一）應用排字二十八人、刻鉛字一人，以上人數須
　　　用得力之人，不得以新來學生敷衍充數。一切
　　　工人均歸排字主任僱用，統共薪工火食洋參百
　　　捌拾捌元，火食在外包吃，不准在館燒飯煮菜
　　　等事。每日出版四張，每逢星期日增刊一張。
　　　圈點及什和二號三號等字，須遵新聞報總理及
　　　編輯部指揮，不得違言，更不得率請加薪。

（二）編輯部發排新聞及電報，排字房內所有用人，
　　　應守秘密不得洩漏。

（三）排字人每日午前到齊，俟掇齊版子始散。早夜仍派二人承值，晚間派人值宿，無故不得擅離。凡排廣告之人，須於每日午後一點鐘，齊集開工。又排新聞人，須午前齊集，晚飯至遲不得過下午六點二刻。光陰寶貴，若遲一刻，即出報誤時，排字主任應督率趕緊，不得遲延以誤公務。

（四）底稿發出隨到隨排，不得同時起排，以致積壓，並不得限定每人派排若干行。例如主筆房下午六點鐘發稿，十二點鐘發齊，則應於二點以前打出大樣，二點鐘拼齊，版子移交澆字房。如不遵守此項辦法，以致出報遲誤，郵遞脫班，其遲誤原因經新聞報總理查明，確在排字房者，排字主任應賠新聞報損失不得推諉。

（五）卸下版子，應還之字隨下隨還，不得遲延壓積。排字主任須格外認真，不得任聽學生將良好之字隨意棄置舊鉛字內，致受拆耗。如廣告版內有登戶送來之銅版或鋅版等，卸下後應妥為保存，以備登戶取還，如有遺失，由排字主任負償還之責。

（六）排字房所用鉛字，每年過磅不得參差，如有缺少過多等情，由排字主任負責。

（七）舊告白應翻新字，須隨時遵廣告部暨編校主任指揮，不得違言。

（八）凡刊木戳或用洋文或陰文，須遵照廣告編校部指揮。

（九）每日告白應刊何欄，及分類並前後新舊按日推動，悉遵廣告編校部指揮，不得擅自更動。

（十）排字房一應生財裝修什物，統歸排字主任妥為經管。公畢隨手熄燈，自來火亦不准濫用，並不准容留閑人出入寄宿。

（十一）所用學生應受過普通教育，有初等小學畢業程度，並經新聞報總理試驗認為合格。到館後仍須嚴行管束，俾學生等得有良善聽命之品行，及清潔之行動。

（十二）代排元芳拍賣，每期每頁八分。代印書版，照市價格外克己，不得居奇抬價，更不得誤時。

（十三）排字主任如有請假，須自舉一人為代理，但必須經新聞報總理允准方可施行。

（十四）以上條例章程，排字主任如能遵守無誤，新聞報公司決不無故辭歇。但排字主任於三年之內，亦不得自行告辭，若三年之後不願再辦，須於一月前陳將正式理由先行告知新聞報總理允准，並須覓到妥人接辦後方可卸責，否則不得中途遽行停止。

（十五）排字主住於承攬期滿後，如新聞報不辭退，該排字主任此承攬仍繼續有效。

　　　　西曆一千九百十九年　立承攬人　陳由根

## 二、〈陳也梅擔任新聞報館二校合約〉，1921年，《新聞報館沿革及用人契約和職工總資料》，上海市檔案館藏，檔號：Q430-1-173。

（原文無新式標點，為編者所加）

立合同　新聞報公司總理　汪漢溪
　　　　　　陳也梅
　　　　　　今雙方議定遵守後開各條如左

（一）陳也梅情願擔任新聞報公司校對一席，專校全份新聞及公布欄二校，用墨筆幫譯專電。日間休息，訂明不得兼營別事，因二校一席必須全副精神貫注於字裡行間，方無舛誤。且校對部公畢，每夜須黎明三點以後，若再日間兼營別事，勢必有誤新聞報職務。故新聞報公司自民國十年起，加給薪水洋拾元，每月薪水洋參拾五元，並供給膳宿。

（二）陳也梅自擔任新聞報二校校對職務後，遵守館章常川住館，對於本職範圍以內之事，當盡力服務。

（三）新聞報公司對於陳也梅如謹慎盡職，新聞報公司亦不無故辭退。

（四）陳也梅在合同期內，不得率請辭職。

（五）陳也梅須請擔保人，擔保陳也梅遵守本合同所載各條，如有違背，由保人負責。

（六）此合同自訂立日起，二年以內為有效期間，一樣兩紙各執壹紙。

中華民國十年　立合同　新聞報公司總理　汪漢溪
　　　　　　　　　　　　　　　　　　　陳也梅
　　　　　　　　　　　　擔保人　郭步陶
　　　　　　　　　　　　介紹人　邱毓珊

## 三、新聞報編印，〈新聞報組織〉，《新聞報概況》，1931.9，上海圖書館藏。

　　本館服務職工，在初創時組織簡單，範圍較小。迨至近年館務日繁，職工日增，分科辦事各有專職。分別條列略敘梗概，並附表式於卷首以明系統。統計現在館內組織，分一處三部，服務職員一百五十餘人，工友三百六十餘人，外埠之分館分銷人員，以及各埠之通信記者，均未與焉。

總理處現分十課：

（一）總務課，專司職工人事審核來往函件以及其他不屬各課科股之事務。

（二）文牘課，專司往來函件及保管文卷。

（三）設計課，專司應興革之一切設計事務。

（四）統計課，專司統計事務。

（五）稽核課，專司稽核收支款項及賬冊。

（六）會計課，專司登記收支賬冊及辦理預算決算。

（七）出納課，專司現金之出納與保管。

（八）準備課，專司審查廣告之取捨及支配報紙之出版張數及格式。

（九）收發課，專司收發往來函件。

（十）庶務課，專司一切庶務事宜。

編輯部現分十一科：

（一）電訊科，專司編輯電訊，計分兩股：
　　　　收電股，專司收受無線電及長途電話。
　　　　譯電股，專司繙譯電碼。

（二）外埠科，專司編輯外埠新聞。

（三）本埠科，專司編輯本埠新聞。

（四）經濟科，專司編輯經濟新聞。

（五）教育科，專司編輯教育新聞。

（六）文藝科計分兩股：

    （甲）雜著股，專司編輯快活林及本埠附刊。

    （乙）圖畫股，專司編輯圖畫附刊及插畫之造意
        繪圖。

（七）繙譯科，專司繙譯外國電訊通信及報紙雜誌。

（八）校對科計分兩股：

    （甲）新聞股，專司校對新聞草樣。

    （乙）廣告股，專司校對廣告草樣。

（九）考核科，專司考核本外埠通信記者之勤惰優劣
      並隨時指導。

（十）採訪科，專司採訪調查及蒐集編輯資料之外勤
      事務。

（十一）藏書科，專司藏書及保管本報。

營業部現分三科：

（一）廣告科，專司接受廣告稿件。

（二）發行科計分六股：

    （甲）躉報股，專司發行本埠報紙及郵寄外埠之
        躉報。

    （乙）定報股，專司接受及郵寄本埠及外埠之立
        券報紙。

    （丙）躉票股，專司外埠躉報每日之加減份數及
        對郵局遞寄之一切手續。

（丁）定票股，專司立券報紙之一切郵遞手續。

（戊）承印股，專司承接一切印件。

（己）售版股，專司發行銅版鋅版鉛版紙版賽銀
　　　禮品及銅招牌。

（三）推廣科，專司推廣報紙之行銷及廣告等業務。

印刷部現分六科：

活版科計分三股：

新聞股，專司拼排新聞。

廣告股，專司拼排廣告。

刻字股，專司雕刻鉛字及木戳。

印刷科計分三股：

印報股，專司印刷報紙。

承印股，專司代客承印印件。

切訂股，專司切紙訂書工作。

澆鑄科計分三股：

鑄字股，專司鑄製鉛字及鉛條。

紙版股，專司壓製紙版。

澆版股，專司澆製鉛版。

機械科計分三股：

印機股，管理各種印刷機器。

電機股，管理電力發動機及一切電器事宜。

煎膠股，專司煎製印刷機所用之膠棍。

製版科計分四股：

銅鋅股，專司鐫製銅版鋅版。

賽銀股，專司承製電刻賽銀肖像挂屏檯屏禮屏
楹聯照架及銀盾。

銅牌股，專司承製各式銅招牌銅牌。

木工股，專司一切木工工作。

物料科，管理一切物料事宜。

## 四、〈美商申報館同人錄〉，1937.4，上海市檔案館藏，
## 　　檔號：Y8-1-21。

### 職員錄

**董事會**

| | |
|---|---|
| 董事長 | 阿特姆司（W. A. Adams） |
| 董事 | 阿樂滿（N. F. Allman） |
| | 安迭生（P. M. Andersen） |

**總管理處**

| | |
|---|---|
| 總經理 | 阿特姆司（兼） |
| 經理 | 馬蔭良 |
| 副經理 | 王堯欽 |
| 協理 | 安迭生（兼）　陸以銘　潘公弼 |
| 會計顧問 | 唐在章會計師 |
| 法律顧問 | 徐士浩律師 |

**業務設計委員會**

| | |
|---|---|
| 主席 | 王堯欽 |
| 書記 | 唐鳴時 |
| 委員 | 潘公弼　陸以銘　瞿紹伊　黃幼雄　顧叔奇 |
| | 武廷琛　許燦庭　黃子鍵　黃炎卿　趙宗預 |

## 人事委員會

主席　瞿紹伊

書記　趙宗預

委員　伍特公　王堯欽　陸以銘　許燦庭　顧叔奇
　　　黃炎卿　龐秋藩

## 編輯研究會

主席　　　伍特公

書記　　　趙君豪

副主席　　武廷琛　潘公弼

助理書記　黃幼雄　胡山源

會員　　　瞿紹伊　馮都良　孫恩霖　婁立齋　顧昂若
　　　　　濮九峯　馬崇淦　沈鎮潮　蔣槐青　顧孟愉
　　　　　鄺笑庵　周瘦鵑　黃寄萍　張叔通　張一蘋
　　　　　金華亭　唐世昌　許承緒　朱銘新　馮柳堂
　　　　　張一凡　王堯飲　陸以銘　唐鳴時　趙宗預
　　　　　顧叔奇　許燦庭　陳堯君　楊載皋　邵朗秋
　　　　　戴志超

## 秘書室

主任　唐鳴時

文書科　趙叔雍　謝　宏　黃子鍵　許幹丞　龐秋藩
　　　　施衡元

收發科　談錦章　王德堂

庶務科　黃炎卿（主任）

事務股　戴雲卿　宋業棠　郭子元　李振業
　　　　孫貽訓　龐劍秋　王烈興　何鉅康


## 主計部

主任　　曾公冶

副主任　陳堯君

出納科　孫松林（主任）　趙鐵孫

會計科　陳堯君（兼主任）徐為霖　許盤凱


## 人事部

主任　趙宗預　徐亞倩　吳鏡湖　王梅庭　程伯鈞


## 稽核部

主任　單慶同　秦新予　沈子堅　曾明羣　錢振萬


## 編輯部

總主筆　　阿樂滿（兼）

副總主筆　張蘊和

總務科　主任　伍特公　武廷琛　瞿紹伊　黃幼雄
　　　　　　　胡仲持

社評科　主任　潘公弼（兼）　楊祖德

新聞科

　國內電訊股　馮都良（主任）　孫恩霖　婁立齋

　國外電訊股　顧昂若　濮九峯

　本埠股　　　趙君豪（主任）　蔣槐青　顧孟愉

　各地通訊股　鄺笑庵

譯述股　　　伍特公（兼主任）錢伯明

採訪股　　　武廷琛（兼主任）金華亭　唐世昌

　　　　　　許承緒　朱銘新　況小宋　王希濂

　　　　　　嚴服周

商業消息股　馮柳堂（主任）　方式舟　曹文海

　　　　　　武簡儲

教育體育股　馬崇淦（主任）　沈鎮潮

收電股　　　洪尚仁　王君人

譯電股　　　戴志超（主任）　蔡慎夫　邱鴻章

　　　　　　邵楚書　戴再士　許德良　鄭殿元

　繪圖股　陸爾強

副刊科

春秋股　　　張叔通（主任）　張一蘋

自由談股　　胡山源（主任）　施若霖

遊藝界股　　黃寄萍

兒童週刊股、衣食住行股　周瘦鵑

經濟專刊股　張一凡

校對科　主任　邵朗秋　陳公恆　汪若其　石征鴻

　　　　　　張祖南　季續熙

參考科　主任　楊載皋　徐鼎丞　吳觀周　金亮臣

收發科　葉長烈　瞿彭年

**營業部**

主任　陸以銘（兼）

廣告科　主任　　陸以銘（兼）
　　　　　副主任　王慶生

　文事股　劉文煌（主任）　黃品堂　趙克明　陶福臻
　　　　　舒覺先

　設計股　李直青　季志中　趙耘書　梅隱菴　季箴若
　　　　　穆家康　陸菊生


　帳務股　姚子初（主任）　吳錦芳　朱紫棠　湯梯雲
　　　　　王支珉　張子青　陸濤生　錢國忠　鍾復圭

　整理股　方懋化（主任）　張錫五　陳子文　胡開崑
　　　　　楊毓銘　邱稚藩　毛興魁　易仲衡　易鏡人

　校對股　王紫宸（主任）　李夢雲　陶祖經　倪修奎
　　　　　莊堯章

發行科　主任　許燦庭

　本埠股　馮培基　柏竹卿

　外埠股　馮澹然　張品純　蔣葆蓀　許介眉　徐民初

　零定股　潘慎常（主任）　凌子屏　韓似石　錢長忠

　推廣股　潘慎常（兼主任）吳秉楨　孫瑞棠

　特種推廣股　莊克明（主任）　黃辛得　陳榮麟
　　　　　　易松齡　白星舟　趙增祺　單亞盧
　　　　　　王　雄　王維青　戈秉臣　秦祖蔭
　　　　　　高雲表

印務科　主任　顧叔奇　沈苑麟　于穀人　薛耕全
　　　　　趙煥濤

# 通信錄

## 職員之部

| 姓名 | 別號 | 年歲 | 籍貫 | 住址或通訊處 | 電話 |
|---|---|---|---|---|---|
| 阿特姆司 | | | 美國 | 四川路 290 號中國營業公司 | 15410 |
| 阿樂滿 | | | 美國 | 江西路漢彌登大廈 208 號 | 15777 |
| 安迭生 | | | 美國 | 九江路 113 號永亨人壽保險公司 | 11658 |
| 馬蔭良 | | 38 | 江蘇松江 | 本館 | |
| 王堯欽 | | 55 | 江蘇松江 | 愚園路 608 弄田莊 41 號 | 22504 |
| 陸以銘 | | 41 | 江蘇太倉 | 愚園路愚園坊 28 號 | 20965 |
| 潘公弼 | | 44 | 江蘇嘉定 | 本館 | |
| 唐鳴時 | | 38 | 浙江嘉善 | 北京路 384 號 | 94364 |
| 趙叔雍 | | 41 | 江蘇武進 | 南洋路 154 號 | 30313 |
| 謝宏 | 世琰 | 39 | 浙江慈谿 | 薩坡賽路豐裕里 5 號 | 95816 轉 |
| 黃子鍵 | | 36 | 福建晉江 | 海格路 167 號 | 71770 |
| 許幹丞 | 漸厂 | 54 | 湖南長沙 | 本館 | |
| 龐安堃 | 秋藩 | 34 | 江蘇江寧 | 同孚路 315 弄 120 號 | 36993 |
| 施衡元 | | 26 | 浙江杭縣 | 金神父路安和新村 21 號 | |
| 談錦章 | | 50 | 江蘇江寧 | 愛多亞重慶路馬樂里 55 號 | |
| 王德堂 | | 22 | 江蘇南通 | 本館 | |
| 黃炎卿 | | 49 | 浙江杭縣 | 本館 | |
| 戴雲卿 | | 61 | 江蘇松江 | 藍維藹路平江里 37 號 | |
| 宋業棠 | 燮棠 | 48 | 浙江杭縣 | 新閘路小沙渡路 337 弄 172 號 | |
| 郭子元 | | 57 | 江蘇江寧 | 山西路景福里 22 號 | |
| 李振業 | 松卿 | 30 | 江蘇松江 | 菜市路受福里 13 號 | |
| 孫貽訓 | | 40 | 浙江餘姚 | 本館 | |
| 龐劍秋 | | 42 | 江蘇江寧 | 北京路餘蔭里 13 號 | 90484 |
| 王烈興 | | 28 | 浙江鄞縣 | 溫州路 123 號 | |
| 何鉅康 | 近勇 | 21 | 上海市 | 愛多亞路富康里 7 號 | |
| 曾公冶 | 公野 | 71 | 上海市 | 白爾路 330 弄 4 號 | 82919 |
| 陳堯君 | | 33 | 浙江餘姚 | 本館 | |
| 孫松林 | | 27 | 江蘇吳江 | 直隸路 250 號 | 93330 |
| 趙鐵孫 | | 30 | 江蘇武進 | 亞爾培路潤德里 30 號 | |
| 徐為霖 | 澍甘 | 19 | 上海市 | 福履理路 496 弄 1 號 | |
| 許盤凱 | | 20 | 江蘇宜興 | 貝勒路 840 號 | |
| 趙宗預 | 藹吳 | 47 | 江蘇上海 | 辣斐德路拉都路西宜德里 2 號 | |
| 徐亞倩 | | 34 | 江蘇金山 | 戈登路 1192 弄 23 號 | |
| 吳孝仁 | 鏡湖 | 44 | 江蘇南匯 | 本館 | |
| 王梅庭 | | 50 | 浙江杭縣 | 本館 | |

| 姓名 | 別號 | 年歲 | 籍貫 | 住址或通訊處 | 電話 |
|---|---|---|---|---|---|
| 程伯鈞 | | 42 | 江蘇松江 | 本館 | |
| 單慶同 | | 47 | 上海市 | 同孚路柏德里 3 號 | 32543轉 |
| 秦新予 | | 49 | 江蘇無錫 | 福煦路明德里 32 號 | |
| 沈節 | 子堅 | 62 | 江蘇南匯 | 本館 | |
| 曾明犖 | | 31 | 上海市 | 新聞路 1791 號 | 35493 |
| 錢振萬 | | 26 | 江蘇崑山 | 派克路 132 弄 20 號 | |
| 張蘊和 | | 65 | 江蘇松江 | 威海衛路鴻遠坊 40 號 | 39558 |
| 伍特公 | | 54 | 江蘇江寧 | 西門路潤安里 72 號 | 87119 |
| 武維祺 | 廷琛 | 62 | 浙江定海 | 福煦路薩波賽路口仁華里 16 號 | |
| 瞿鉞 | 紹伊 | 58 | 上海市 | 梅白格路 38 衖 MM16 號 | 32633 |
| 黃幼雄 | 微知 | 46 | 浙江上虞 | 霞飛路霞飛坊 59 號 | 77286 |
| 胡仲持 | | 41 | 浙江上虞 | 巨籟達路 174 號 | 80604 |
| 楊祖德 | | 20 | 浙江吳興 | 麥尼尼路 141 號 | 71559 |
| 馮都良 | | 39 | 浙江慈谿 | 拉都路 509 弄 16 號 | |
| 孫恩霖 | | 35 | 上海市 | 愛文義路 364 弄 3 號 | |
| 婁立齋 | | 36 | 江蘇吳縣 | 呂班路 166 弄 3 號 | 84102 |
| 顧昂若 | | 38 | 江蘇武進 | 西愛咸斯路 485 弄 27 號 | 71489 |
| 樸九峯 | | 43 | 江蘇松江 | 呂班路萬宜坊 43 號 | |
| 趙君豪 | | 37 | 江蘇興化 | 西愛咸斯路 495 弄 4 號 | 73290 |
| 蔣槐青 | 植之 | 32 | 江蘇宜興 | 白來尼蒙路馬浪路振華里40號 | |
| 顧曾衍 | 孟愉 | 37 | 江蘇南匯 | 辣斐德路 1270 弄 1 號 | 71832 |
| 鄺笑菴 | | 40 | 廣東台山 | 麥特赫斯脫路 354 號樓上 | |
| 錢伯明 | | 21 | 江蘇無錫 | 平濟利路景安里 24 號 | |
| 金華亭 | | 38 | 浙江建德 | 華龍路華龍別業北兩號 | 82970 |
| 唐世昌 | 木齋 | 37 | 浙江鎮海 | 愛多亞路永貴里 27 號 | 35737 |
| 許承緒 | 紹先 | 39 | 江蘇鎮江 | 李梅路 104 弄 7 號 | 83171 |
| 朱銘新 | | 36 | 江蘇松江 | 呂班路麥賽而蒂羅路鴻安坊 12 號 | |
| 況小宋 | | 33 | 廣西桂林 | 望志路永吉里 2 號半 | |
| 王希濂 | | 38 | 江蘇寶山 | 八里橋路餘慶里 15 號 | |
| 嚴服周 | | 34 | 浙江海寧 | 九江路山東路口 292 號 | |
| 馮柳堂 | 柳塘又號溪南 | 47 | 浙江海寧 | 愛文義路 473 弄 13 號 | |
| 方式舟 | | 38 | 江蘇南匯 | 聖母院路高福里 18 號 | |
| 曹文海 | | 42 | 江蘇松江 | 茄勒路永興里 184 號 | |
| 武簡儲 | 書成 | 33 | 浙江定海 | 薩坡賽路仁華里 16 號 | |
| 馬崇淦 | | 43 | 江蘇吳縣 | 白來尼蒙馬浪路新民邨 1 號 | 85247 |
| 沈鎮潮 | 浙聲 | 32 | 浙江嘉興 | 辣斐德路慈安里 5 號 | |

| 姓名 | 別號 | 年歲 | 籍貫 | 住址或通訊處 | 電話 |
|---|---|---|---|---|---|
| 洪尚仁 |  | 24 | 江蘇崇明 | 小沙渡路 679 弄 300 號 |  |
| 王君人 |  | 24 | 江蘇崇明 | 華成路銀河里 1 號 |  |
| 戴光宗 | 志超 | 52 | 江蘇松江 | 霞飛路呂班路口四明里 10 號 |  |
| 蔡玉良 | 慎夫 | 41 | 浙江嘉善 | 威海衛路 556 號 | 33626 |
| 邱鴻章 |  | 51 | 江蘇松江 | 貝勒路梅蘭坊 45 號 |  |
| 邵楚書 | 元臨 | 33 | 浙江紹興 | 望志路仁壽里 21 號 |  |
| 戴再士 |  | 25 | 江蘇松江 | 霞飛路呂班路口四明里 10 號 |  |
| 許德良 |  | 37 | 江蘇吳縣 | 派克陸承興里 KK34 號 | 36250 |
| 鄭殿元 |  | 30 | 浙江鎮海 | 大沽路 183 弄 8 號 |  |
| 陸爾強 |  | 34 | 江蘇松江 | 平濟利路景安里 16 號 |  |
| 張叔通 |  | 62 | 江蘇松江 | 福煦路汾陽坊 4 號 |  |
| 張一蘋 |  | 29 | 江蘇松江 | 南陽橋華成路銀河里 37 號 |  |
| 胡山源 |  | 42 | 江蘇江陰 | 金神父路花園坊 93 號 | 76981 |
| 施若霖 |  | 23 | 浙江鄞縣 | 白來尼蒙馬浪路協盛里 1 號 |  |
| 黃寄萍 | 樂天齋夫 | 34 | 江蘇海門 | 華龍路元昌里 9 號 | 83927 轉 |
| 周瘦鵑 |  | 45 | 江蘇吳縣 | 愚園路 608 弄田莊 7 號 |  |
| 張一凡 |  | 30 | 江蘇嘉定 | 蒲石路蒲石邨 13 號川康銀行 | 77564 |
| 邵朗秋 |  | 54 | 江蘇青埔 | 大通路山海關路東祥鑫里 10 號 |  |
| 陳德興 | 公恆 | 38 | 浙江嘉善 | 新聞路福康路白鹿坊 3 號 |  |
| 汪若其 |  | 42 | 江蘇松江 | 本館 |  |
| 石征鴻 |  | 42 | 江蘇松江 | 拉都路拉都邨 1 號 |  |
| 張祖南 |  | 38 | 江蘇松江 | 徐家匯徐鎮路 252 號 |  |
| 季邦威 | 績熙 | 27 | 江蘇南通 | 慕爾鳴路昇平街 41 弄 7 號 | 35104 |
| 楊載皋 | 季達 | 35 | 江蘇海門 | 檳榔路戈登路口西 286 號 B |  |
| 徐鼎丞 |  | 45 | 浙江海寧 | 本館 |  |
| 吳觀周 |  | 33 | 浙江紹興 | 北蘇州路永康里 11 號 |  |
| 金亮臣 |  | 35 | 安徽休寧 | 赫德路電車公司對面葉聚康樓上 |  |
| 葉長烈 | 灼孚 | 36 | 江西婺源 | 福建路 8 號 | 95204 |
| 瞿彭年 |  | 36 | 江蘇太倉 | 敏體尼蔭路新首安里 32 號 |  |
| 王慶生 | 家楨 | 51 | 江蘇松江 | 愚園路 608 弄田莊 40 號 |  |
| 劉文煌 | 逸塵 | 38 | 江蘇泰興 | 西門路西湖坊 50 號 |  |
| 黃選璋 | 品堂 | 64 | 江西九江 | 霞飛路樂安坊 62 號 | 82224 |
| 趙克明 | 志鵬 | 32 | 江蘇青浦 | 安南路慈厚南里 70 號 |  |
| 陶福臻 |  | 32 | 江蘇嘉定 | 辣斐德路玉振里 17 號 |  |
| 舒覺先 |  | 43 | 浙江鄞縣 | 西門路 165 號 |  |
| 李直青 |  | 34 | 江蘇崑山 | 新聞路 1451 弄 10 號 |  |
| 季志中 |  | 37 | 江蘇嘉定 | 呂班路大陸坊 44 號 |  |
| 趙耘書 |  | 32 | 江蘇寶山 | 康腦脫路 1107 號 |  |

| 姓名 | 別號 | 年歲 | 籍貫 | 住址或通訊處 | 電話 |
|---|---|---|---|---|---|
| 梅隱菴 | | 37 | 江蘇松江 | 西門路輯五坊 10 號 | 86178 |
| 季箴若 | 載銘 | 24 | 江蘇江陰 | 本館 | |
| 穆家康 | | 23 | 上海市 | 戈登路 344 弄秀蘭邨 5 號 | |
| 陸菊生 | | 30 | 江蘇無錫 | 西新橋執中里 10 號 | 87518 |
| 姚子初 | | 41 | 江蘇武進 | 赫德路趙家橋 77 弄 10 號 | 30533 |
| 吳錦芳 | 廷翰 | 36 | 浙江烏鎮 | 廈門路尊德里 47 號 | |
| 朱紫裳 | | 51 | 江蘇上海 | 東蒲石路 93 號順泰新煤號 2 樓 | 83496 |
| 湯梯雲 | 鏡清 | 37 | 浙江吳興 | 九江路 401 號 | 94545 |
| 王支珉 | | 35 | 江蘇句容 | 福煦路明德里 18 號 | |
| 張季清 | 子青 | 45 | 上海市 | 皮少耐路餘康里 42 號 | |
| 陸濤生 | | 44 | 江蘇嘉定 | 呂班路蒲柏坊 47 號 | 84600 |
| 錢國忠 | | 24 | 江蘇吳縣 | 極司非而路仁德坊 7 號 | |
| 鍾復圭 | 望舒 | 24 | 浙江鎮海 | 江西路 170 號內 125 號房間 | 16530 |
| 方懋化 | 輔祥 | 33 | 浙江奉化 | 同孚路大中里 14 號 | 38574 |
| 張錫五 | 修無 | 37 | 江蘇江寧 | 雲南路 169 號 | |
| 陳子文 | | 37 | 江蘇溧陽 | 西自來火街立賢里 12 號 | |
| 胡開崑 | 建我 | 30 | 浙江鄞縣 | 巨籟達路普福里 19 號 | |
| 楊毓銘 | 履盤 | 27 | 江蘇太倉 | 本館 | |
| 邱稚藩 | | 31 | 江蘇吳江 | 辣斐德路馬浪路崇一里12號 | |
| 毛興魁 | | 27 | 江蘇鎮江 | 東新橋寶裕里 29 號 | |
| 易銓 | 仲衡 | 46 | 江蘇興化 | 福州路 339 弄 21 號 | |
| 易鏡人 | 鈍生 | 44 | 江蘇興化 | 本館 | |
| 王紫宸 | 道平 | 40 | 江蘇江寧 | 西門路 19 號 | |
| 李韜 | 夢雲 | 43 | 江蘇松江 | 愛多亞路呂宋路口行仁坊 3 號 | |
| 陶祖經 | 賡虞 | 41 | 江蘇松江 | 茄勒路永興里 184 號 | |
| 倪修奎 | 斗輝 | 31 | 江蘇松江 | 本館 | |
| 莊堯章 | 光文 | 31 | 江蘇海門 | 本館 | |
| 許燦庭 | | 61 | 江蘇江寧 | 新大沽路昌運里 38 號 | |
| 馮培基 | | 64 | 江蘇江寧 | 山海關路山海里 25 號 | |
| 柏竹卿 | | 39 | 江蘇江寧 | 梅白格路永壽里 7 號 | |
| 馮紹彝 | 澹然 | 39 | 江蘇江寧 | 山海關路山海里 310 號 | |
| 張品純 | | 58 | 江蘇松江 | 青島路 46 號 | |
| 蔣葆蓀 | 益齡 | 46 | 浙江定海 | 北河南路桃源坊 100 號 | |
| 許介眉 | | 53 | 江蘇江寧 | 本館 | |
| 徐民初 | | 36 | 江蘇松江 | 山東路 170 號 | 91792 |
| 潘慎常 | 雲臺 | 53 | 江蘇江寧 | 嵩山路愷自邇路仁昌里 1 號 | |
| 淩樹燾 | 子屏 | 56 | 浙江富陽 | 梅白克路三德里 14 號 | |
| 韓似石 | 慕愈 | 27 | 江蘇松江 | 徐家匯堂街西 235 號萬森醬園轉 | |

| 姓名 | 別號 | 年歲 | 籍貫 | 住址或通訊處 | 電話 |
|---|---|---|---|---|---|
| 錢長忠 | | 47 | 江蘇崑山 | 哈同路安南路慈厚南里19號 | |
| 吳秉楨 | 嗣香 | 52 | 江蘇鎮江 | 漢口路延康里22號 | |
| 孫瑞棠 | 冠英 | 35 | 浙江吳興 | 湖北路154號 | 95582 |
| 莊克明 | | 45 | 江蘇松江 | 靜安寺路1699弄38號 | |
| 黃辛得 | 興德 | 31 | 江蘇南通 | 慕爾鳴路昇平街芝瑞里7號 | 35104 |
| 陳榮麟 | | 24 | 江蘇武進 | 戈登路1192弄10號 | |
| 易松齡 | | 26 | 江蘇興化 | 本館 | |
| 白星舟 | | 33 | 江蘇江寧 | 新大沽路昌運里38號 | |
| 趙增祺 | | 34 | 江蘇武進 | 蒲石路110號 | |
| 單亞廬 | | 24 | 上海市 | 同孚路柏德里3號 | 32543轉 |
| 王雄 | | 23 | 浙江鎮海 | 寧波路47號長城書局 | 17438 |
| 王維青 | | 29 | 江蘇上海 | 天潼路餘慶里4弄3號 | |
| 戈秉臣 | | 23 | 江蘇吳縣 | 新開河秦新里5號茂昌祥行內 | |
| 秦祖蔭 | | 23 | 江蘇松江 | 雷米路振興坊19號 | |
| 高嵩齡 | | 19 | 浙江吳興 | 本館 | |
| 顧叔奇 | | 49 | 江蘇江寧 | 戈登路昌平路口成德坊8號 | |
| 沈苑麟 | | 49 | 江蘇崑山 | 北山西路75號 | |
| 于穀人 | | 33 | 江蘇吳江 | 北山西路76號 | |
| 薛耕全 | | 35 | 江蘇吳縣 | 廣西路精勤坊3號 | |
| 趙煥濤 | | 21 | 上海市 | 本館 | |

## 工友之部
### 營業部印務科　鑄字股 銅模組 澆鉛組 鎔鉛組

| 姓名 | 別號 | 年歲 | 籍貫 | 住址或通訊處 | 電話 |
|---|---|---|---|---|---|
| 邢根林 | 賡麟 | 41 | 上海市 | 勞勃生路宗德坊4675號 | |
| 祁萬富 | | 36 | 江蘇淮陰 | 北山西路116號 | |
| 丁恆泰 | | 34 | 江蘇江都 | 本館 | |
| 宣根銘 | | 45 | 江蘇武進 | 南成都路福煦路口輔德里3號 | |
| 查銀炳 | | 34 | 江蘇武進 | 姚主教路樹德坊2號 | |
| 蕭雲笙 | | 31 | 江蘇無錫 | 北山西路老泰安里33號 | |
| 王忠法 | | 30 | 浙江鄞縣 | 西門路潤安里11號 | |
| 沈承佐 | | 34 | 江蘇吳江 | 望平街254號 | |
| 范榮桂 | 志明 | 28 | 上海市 | 白克路88號 | |
| 顧金福 | 伯珉 | 28 | 江蘇無錫 | 天潼路歸仁里58號 | |
| 陸錫桐 | | 27 | 江蘇青浦 | 法華西鎮吳家木橋8號 | |
| 何俠儀 | 慎齋 | 31 | 江蘇無錫 | 海寧路裕鑫里36號 | |

| 賈春熙 | | 29 | 江蘇吳縣 | 北京路新菜市路餘耕里 3 號 | 92883 |
|---|---|---|---|---|---|
| 王根生 | | 27 | 江蘇江寧 | 拋球場協和里 12 號 | |
| 馮寅生 | | 26 | 江蘇吳縣 | 北浙江路海寧路裕鑫里 36 號 | |
| 吳鴻煒 | | 19 | 江蘇如皋 | 本館 | |
| 葉世根 | | 45 | 江蘇無錫 | 寧興路 14 號 | |
| 沈錦龍 | | 19 | 上海市 | 天潼路鑫順里 21 號 | |

## 營業部印務科　排字股 新聞組 廣告組 西文組 刻字組

| 姓名 | 別號 | 年歲 | 籍貫 | 住址或通訊處 | 電話 |
|---|---|---|---|---|---|
| 包順福 | 滌生 | 43 | 浙江鎮海 | 蒲石路 451 弄 10 號 | |
| 王錦綏 | 阿毛 | 52 | 江蘇江寧 | 本館 | |
| 夏松葆 | | 44 | 江蘇高淳 | 北山西路泰安里 97 號 | |
| 王梵寶 | | 40 | 江蘇江寧 | 天潼路泰安里口南國酒店樓上 | |
| 金根長 | 協和 | 43 | 安徽懷寧 | 望平街新世界刻字店樓上 | |
| 沈松濤 | 青湛 | 48 | 江蘇川沙 | 本館 | |
| 陳仙桃 | 學義 | 48 | 上海市 | 河南路望雲里 8 號 | 12083 |
| 黃其榮 | 瑞芝 | 39 | 江蘇江都 | 山西路泰安里 3 弄 10 號 | |
| 于春耀 | | 43 | 安徽懷寧 | 河南路口 289 號 | |
| 宋純熙 | 敬夫 | 44 | 安徽桐城 | 敏體尼蔭路敏村 2 號 | |
| 蔣時俊 | | 42 | 安徽懷寧 | 敏體尼蔭路敏村 2 號 | |
| 曹子根 | 成樑 | 36 | 上海市 | 法華西鎮種德橋 21 號 | |
| 麻厚發 | | 39 | 南京市 | 本館 | |
| 陳鳳林 | 鳳鳴 | 41 | 浙江杭縣 | 敏體尼蔭路華成坊 7 號 | |
| 尹鍾瑛 | | 41 | 江蘇松江 | 本館 | |
| 葉少卿 | 啟明 | 44 | 江蘇吳縣 | 山西路書錦里 20 號 | |
| 董鑑誠 | 克昌 | 37 | 江蘇武進 | 貝勒路 412 弄 5 號 | |
| 唐小棣 | 育仁 | 35 | 上海市 | 敏體尼蔭路新樂里 9 號 | |
| 丁忠煥 | 文光 | 34 | 江蘇如皋 | 本館 | |
| 徐有文 | 越塵 | 37 | 江蘇六合 | 天潼路新泰安里總弄過街樓前樓 | |
| 李承楷 | 樹人 | 42 | 安徽蕪湖 | 愛多亞路寶裕里 17 號 | |
| 蔣炳榮 | | 42 | 江蘇青浦 | 昌平路義順理 75 號 | |
| 方純壽 | | 38 | 江蘇江寧 | 松雪街蓉祥里 1 弄 4 號 | |
| 陳文慶 | | 53 | 浙江嘉興 | 本館 | |
| 許生彬 | 鴻樓 | 42 | 江蘇南匯 | 本館 | |
| 楊景春 | 平飛 | 33 | 江蘇武進 | 本館 | |
| 黃正榮 | 華麒 | 42 | 江蘇江都 | 北京路口宋家弄 16 號 | |
| 萬廷楨 | | 34 | 江蘇武進 | 康腦脫路隆智里 22 號 | |
| 朱寶生 | | 44 | 浙江紹興 | 武定路駿蔚里 23 號 | |
| 程佩卿 | 有盛 | 38 | 江西婺源 | 七浦路餘森里 5 號 | |

| 姓名 | 別號 | 年歲 | 籍貫 | 住址或通訊處 | 電話 |
|---|---|---|---|---|---|
| 王長星 | 南石 | 34 | 浙江上虞 | 溫州路 109 弄 10 號 | |
| 錢紀康 | | 36 | 江蘇無錫 | 愛而近路均益里 27 號 | |
| 馮志明 | | 28 | 江蘇上海 | 愛文義路福明里 9 號 | |
| 劉季生 | | 46 | 浙江鎮海 | 南浙江路 85 號 | |
| 劉培基 | | 30 | 江蘇吳縣 | 北河南路七浦路口景興里 3 號 | |
| 萬坤培 | 博遐 | 33 | 江蘇武進 | 成都路春暉里 18 號 | |
| 高國斌 | 雲軒 | 32 | 江蘇江都 | 本館 | |
| 沈菊生 | | 52 | 上海市 | 山東路 200 號 | |
| 閻冬生 | | 31 | 河南湯陰 | 山西路畫錦里 7 號 | |
| 許承裕 | | 33 | 江蘇溧陽 | 敏體尼蔭路敏村 5 號 | |
| 李良清 | | 39 | 浙江鎮海 | 本館 | |
| 宣徽祥 | | 26 | 浙江杭縣 | 新聞路口小沙渡路 337 弄 172 號 | |
| 沈耀初 | | 23 | 江蘇川沙 | 本館 | |
| 余治清 | | 22 | 江蘇江都 | 本館 | |
| 盛步雲 | 岐聖 | 20 | 上海市 | 本館 | |
| 范蓉元 | 正夫 | 31 | 江蘇常熟 | 本館 | |
| 楊春寶 | | 34 | 江蘇上海 | 山東路 221 號 | |
| 金炳根 | | 26 | 江蘇上海 | 辣斐德路 106 弄中興里 2 號 | |
| 夏關生 | 克煜 | 19 | 江蘇高淳 | 天潼路泰安里 97 號 | 42981 |
| 沈士林 | | 19 | 上海市 | 山東路 200 號 | |
| 許靜生 | 和發 | 16 | 安徽懷寧 | 本館 | |
| 奚材林 | | 18 | 江蘇南匯 | 本館 | |
| 謝志清 | | 42 | 上海市 | 本館 | |
| 應浩然 | 保康 | 29 | 浙江奉化 | 昌平路安平里 8 號 | |
| 王成森 | | 39 | 江蘇鎮江 | 平濟利路停雲里 49 號 | |
| 曹家祥 | | 46 | 江蘇上海 | 福煦路明德里 30 號 | 76768 |
| 唐培玉 | | 44 | 江蘇上海 | 海寧路裕鑫里 26 號 | |
| 胡芝奇 | | 40 | 江蘇吳縣 | 貝勒路 412 弄 6 號 | |
| 胡賡福 | 芝文 | 36 | 江蘇吳縣 | 貝勒路望德里 A 字 5 號 | |
| 吳家駿 | | 45 | 江蘇江都 | 本館 | |
| 張智濱 | 鎮南 | 38 | 江蘇江寧 | 直隸路 220 號 | |
| 徐兆良 | | 39 | 江蘇崑山 | 本館 | |
| 張才生 | | 42 | 江蘇松江 | 本館 | |
| 傅一文 | | 35 | 江蘇南匯 | 本館 | |
| 周璋福 | 逸民 | 44 | 浙江會稽 | 本館 | |
| 石昭貴 | | 36 | 江蘇如皋 | 貝勒路望德里 A 字 5 號 | |
| 杜文達 | | 46 | 江蘇寶山 | 河南路景興里 3 號 | |
| 劉桂森 | | 32 | 江蘇泰興 | 北成都路大王廟對過德清里 26 號 | |

| 姓名 | 別號 | 年歲 | 籍貫 | 住址或通訊處 | 電話 |
|---|---|---|---|---|---|
| 余春生 | | 45 | 江蘇吳縣 | 本館 | |
| 趙順蓮 | 國屏 | 38 | 江蘇南匯 | 本館 | |
| 趙雲才 | | 36 | 江蘇南匯 | 漢口路大新街大新坊 566 號宏利木號 | |
| 顧嘉祿 | | 42 | 江蘇上海 | 本館 | |
| 張文浩 | | 38 | 浙江餘姚 | 本館 | |
| 顧榮生 | 視清 | 42 | 江蘇武進 | 大通路梅興里 75 號 | |
| 方嘉麟 | | 44 | 江蘇南匯 | 本館 | |
| 余元芳 | 鵬飛 | 33 | 浙江紹興 | 天潼路新和里 109 號 | |
| 張福森 | | 34 | 江蘇溧陽 | 新聞路大通路 661 號 | |
| 王義洪 | | 32 | 江蘇江寧 | 新聞路 550 號 | |
| 王潤南 | | 34 | 江蘇無錫 | 本館 | |
| 江三寶 | | 47 | 江蘇上海 | 山西路晝錦里慈豐里 6 號 | |
| 朱業廣 | | 31 | 江蘇儀徵 | 愛來格路秉安里 32 號 | |
| 吳久杲 | | 32 | 江蘇武進 | 本館 | |
| 楊明蘭 | | 34 | 江蘇江寧 | 南陽橋永樂里 8 號 | |
| 何德順 | 德潤 | 43 | 浙江紹興 | 本館 | |
| 錢林根 | | 28 | 上海市 | 法華鎮香花橋 2 號 | |
| 張少廷 | | 33 | 江蘇海門 | 本館 | |
| 金佩琳 | | 31 | 江蘇南通 | 新聞路東斯文里 349 號 A | |
| 余松卿 | 俊榮 | 29 | 浙江鄞縣 | 本館 | |
| 胡培生 | | 26 | 江蘇吳縣 | 愛文義路長沙路口 104 號 | |
| 周悌根 | | 23 | 浙江鎮海 | 巨籟達路小浜灣 47 號 | |
| 李維新 | | 30 | 江蘇嘉定 | 新橋街東新里 16 號 | |
| 何根生 | | 26 | 江蘇吳縣 | 大沽路 142 弄 64 號 | |
| 王源順 | | 21 | 江蘇無錫 | 本館 | |
| 趙桂祥 | 兆泰 | 33 | 浙江紹興 | 本館 | |
| 曾關林 | | 31 | 上海市 | 新聞路餘慶里 23 號 | |
| 殷順福 | 成福 | 51 | 上海市 | 威海衛路 308 號 | |
| 諸榮春 | | 28 | 江蘇無錫 | 本館 | |
| 姚裕庭 | | 49 | 江蘇川沙 | 姚主教路 179 弄平房內 | |
| 鄭漢卿 | | 27 | 江蘇武進 | 本館 | |

## 營業部印務科　製版股 書版組 紙版組 鉛版組

| 姓名 | 別號 | 年歲 | 籍貫 | 住址或通訊處 | 電話 |
|---|---|---|---|---|---|
| 楊巧泉 | 君如 | 35 | 江蘇吳縣 | 大通路西斯文里 6 弄 227 號 | |
| 樂文元 | | 61 | 浙江鄞縣 | 阿拉白司脫路 184 號 | |
| 張學林 | 阿林 | 51 | 江蘇無錫 | 康悌路菜市路 104 號 | 86819 |
| 張龍生 | 雲初 | 48 | 江蘇無錫 | 菜市路辣斐德路口 194 號 | |
| 薛雙全 | | 52 | 江蘇溧水 | 本館 | |

| 姓名 | 別號 | 年歲 | 籍貫 | 住址或通訊處 | 電話 |
|------|------|------|------|------------|------|
| 吳錫寶 | | 45 | 江蘇江陰 | 辣斐德路菜市路 125 弄樹祥里 30 號 | |
| 馮文彬 | | 42 | 江蘇吳縣 | 辣斐德路菜市路 125 弄樹祥里 30 號 | |
| 羅景仁 | | 40 | 江蘇寶山 | 北成都路天寶里 3 號 | |
| 施增壽 | | 54 | 浙江吳興 | 辣斐德路菜市路 125 弄樹祥里 30 號 | |
| 俞履端 | | 60 | 浙江桐廬 | 望平街天和公 248 號 | |
| 徐夢熊 | | 32 | 江蘇南匯 | 麥琪路同興坊 6 號 | |
| 馮蟾初 | 俊傑 | 21 | 江蘇吳縣 | 辣斐德路菜市路 125 弄樹祥里 30 號 | |
| 顏華范 | | 48 | 浙江定海 | 本館 | |
| 陳希鴻 | | 40 | 江蘇武進 | 本館 | |
| 岑雲江 | | 38 | 浙江紹興 | 本館 | |
| 沈瑞榮 | | 44 | 江蘇無錫 | 七浦路裕森里 5 號 | |
| 孫順錦 | 錫林 | 32 | 江蘇吳縣 | 辣斐德路 106 弄中興里後平房 12 號 | |
| 孫炳祥 | | 48 | 江蘇無錫 | 靜安寺路1664弄泰利巷44號 | |
| 徐阿棠 | 進鑣 | 44 | 浙江鄞縣 | 安納金路 333 號 | |
| 岑銀寶 | | 37 | 浙江紹興 | 楊樹浦平涼路老維新里18號 | |
| 吳榮寶 | | 43 | 江蘇崇明 | 海寧路裕鑫里 20 號 | |
| 郁金榮 | 定良 | 34 | 江蘇無錫 | 本館 | |
| 溫嘉生 | | 37 | 浙江吳興 | 七浦路裕森里 61 號 | |
| 王興奎 | | 44 | 江蘇南通 | 浙江路海寧路口餘興里20號 | |
| 方寶林 | | 25 | 上海市 | 成都路威海衛路修德里內慶福里 58 號 | |
| 王慎卿 | | 30 | 江蘇吳縣 | 本館 | |

## 營業部印務科　印刷股 機器組 印報組 零件組 電力組

| 姓名 | 別號 | 年歲 | 籍貫 | 住址或通訊處 | 電話 |
|------|------|------|------|------------|------|
| 是銀根 | | 47 | 江蘇武進 | 新垃圾橋安宜邨 87 號 | |
| 是銀生 | | 43 | 江蘇武進 | 新垃圾橋安宜邨 87 號 | |
| 任宜度 | | 47 | 江蘇武進 | 本館 | |
| 丁阿榮 | 榮華 | 37 | 江蘇武進 | 本館 | |
| 楊松山 | | 48 | 江蘇無錫 | 本館 | |
| 何靜芝 | 進之 | 43 | 江蘇淮陰 | 重慶路馬樂里 90 號 | |
| 華友生 | | 28 | 江蘇吳縣 | 本館 | |
| 張興度 | 德興 | 21 | 江蘇武進 | 廈門路 125 號 | |
| 陳佐根 | | 28 | 江蘇武進 | 本館 | |
| 徐瑞芝 | | 35 | 江蘇無錫 | 本館 | |
| 陳阿福 | 福生 | 41 | 江蘇吳縣 | 愛文義路大通路 150 號 | |

| 姓名 | 別號 | 年歲 | 籍貫 | 住址或通訊處 | 電話 |
|---|---|---|---|---|---|
| 葉少卿 | | 60 | 江蘇吳縣 | 本館 | |
| 胡紀泉 | | 53 | 上海市 | 本館 | |
| 趙長齡 | | 39 | 湖北鄂城 | 南京路冠羣坊 350 號 | |
| 沈國安 | | 50 | 江蘇寶應 | 九江路 418 號 | |
| 劉阿香 | 泰香 | 38 | 江蘇無錫 | 北山西路老泰安里 34 號 | |
| 孫瑞中 | | 36 | 江蘇崑山 | 薩坡賽路三三里 2 號 | |
| 賈楊生 | | 32 | 上海市 | 本館 | |
| 是斌 | | 47 | 江蘇武進 | 本館 | |
| 吳阿金 | 金才 | 35 | 江蘇吳江 | 白來尼蒙馬浪路榮華里47號 | |
| 潘為裕 | | 32 | 江蘇鹽城 | 小沙渡檳榔路口 | |
| 徐金福 | 金虎 | 37 | 江蘇吳縣 | 本館 | |
| 俞信友 | | 32 | 浙江鄞縣 | 北福建路 85 號 | |
| 孟繁生 | | 34 | 江蘇鹽城 | 勞伯生路 3939 號 | |
| 王阿六 | | 33 | 江蘇吳縣 | 本館 | |
| 朱鳳亭 | | 49 | 湖北大冶 | 徐家匯路 43 號 | |
| 陳載福 | | 36 | 上海市 | 新聞路鴻福里 224 號 | |
| 任仁甫 | | 34 | 浙江鄞縣 | 貝勒路文德里 5 號 | 87281 |
| 葉三寶 | | 32 | 上海市 | 青島路 27 號 | |
| 承鴻祥 | | 42 | 江蘇武進 | 勞伯生路致和里 31 號 | |
| 朱洽盛 | | 29 | 江蘇武進 | 楊樹浦眉洲路松柏里 30 號 | |
| 陳玉山 | 金寶 | 28 | 江蘇無錫 | 新垃圾橋協興里 10 號 | |
| 王寶珊 | | 35 | 江蘇吳縣 | 本館 | |
| 李雲章 | | 30 | 上海市 | 新聞路醬園弄 13 號 | |
| 包芝湘 | | 29 | 江蘇武進 | 貝勒路 852 號 | |
| 繆盛霖 | 志強 | 26 | 江蘇江陰 | 康悌路馬浪路榮華里 33 號 | |
| 張文標 | | 38 | 江蘇無錫 | 重慶路 177 弄 52 號 | |
| 龔立生 | | 32 | 江蘇阜寧 | 大西路憶定盤路大陸花園 737 號內 2 號 | |
| 杜小弟 | | 41 | 江蘇無錫 | 本館 | |
| 沈水寶 | 惟善 | 36 | 江蘇無錫 | 本館 | |
| 朱煥度 | | 29 | 江蘇武進 | 山海關路 202 號 | 31378 |
| 劉阿濤 | 觀瀾 | 32 | 江蘇江都 | 楊樹浦松潘路 107 弄 37 號 | |
| 丁寒生 | 悅章 | 29 | 江蘇川沙 | 新聞路 1674 弄 56 號 | 33120 |
| 榮和尚 | | 44 | 江蘇吳縣 | 天津路五福弄 3 號 | |
| 沈漢文 | 阿小 | 26 | 江蘇無錫 | 北福建路泰安里 67 號 | |
| 鄔順龍 | | 36 | 浙江杭縣 | 山東路大陸理髮店 | |
| 沈金根 | 質彬 | 25 | 上海市 | 本館 | |
| 孫漢鈞 | | 31 | 江蘇武進 | 麥根路麥根里 178 號 | |
| 羅順發 | | 35 | 上海市 | 浦東塘橋 | |
| 吳長貴 | | 33 | 浙江吳興 | 白來尼蒙馬浪路榮華里47號 | |
| 杜阿榮 | 榮華 | 33 | 江蘇吳縣 | 老垃圾橋天潼路 152 號 | |

| 姓名 | 別號 | 年歲 | 籍貫 | 住址或通訊處 | 電話 |
|---|---|---|---|---|---|
| 許伯鈞 | | 33 | 江蘇無錫 | 本館 | |
| 陸阿根 | 文興 | 41 | 江蘇吳縣 | 望志路順昌里 2 號 | 85330 |
| 顧覺民 | | 32 | 江蘇上海 | 北浙江路阿拉白司脫路 4 號 | |
| 顏鵬飛 | 萬程 | 31 | 浙江鄞縣 | 貝勒路恆昌里 42 號 | |
| 黃和尚 | | 29 | 江蘇武進 | 康悌路安仁里 17 號 | |
| 許順寶 | 榮生 | 42 | 江蘇無錫 | 愛蘭格路同志坊 3 號 | |
| 楊仁寶 | | 49 | 江蘇無錫 | 東自來火街福星里 32 號 | |
| 曹筱桂 | 小貴 | 29 | 江蘇上海 | 福建路太安里 67 號 | |
| 朱根榮 | 克敏 | 30 | 江蘇武進 | 勞伯生路統益里 1002 號 | |
| 蔣伯敘 | | 27 | 江蘇武進 | 本館 | |
| 仁士和 | | 34 | 江蘇武進 | 北山西路天潼路 736 號 | |
| 徐永華 | | 45 | 江蘇儀徵 | 河南路望雲里 1 號 | |
| 徐阿林 | | 36 | 江蘇吳縣 | 本館 | |
| 鄭良卿 | | 26 | 江蘇吳縣 | 本館 | |
| 譚坤安 | | 42 | 江蘇江都 | 東昌路大興路口 | |
| 是德榮 | | 26 | 江蘇武進 | 本館 | |
| 承鴻泉 | | 39 | 江蘇武進 | 勞伯生路致和里 31 號 | |
| 蔣仁生 | | 25 | 江蘇武進 | 維爾蒙路國恩寺內 | |
| 羅桂生 | | 30 | 安徽蕪湖 | 海防路 5 號 | |
| 馮品成 | 阿順 | 23 | 浙江紹興 | 大通路 150 號 | |
| 吳銀寶 | 勝潤 | 40 | 江蘇無錫 | 老靶子路德年新邨 268 號 | |
| 錢惠生 | | 47 | 浙江鄞縣 | 老靶子路德年新邨 268 號 | |
| 景根寶 | 仁德 | 32 | 江蘇無錫 | 威海衛路吉六里 718 號 | |
| 朱祥麟 | | 29 | 江蘇無錫 | 大沽路老馬安里 22 號 | |
| 周阿三 | 葆生 | 36 | 江蘇吳縣 | 天潼路小菜市場歸仁里 58 號 | |

## 秘書室庶務科　事務股 勤務組

| 姓名 | 別號 | 年歲 | 籍貫 | 住址或通訊處 | 電話 |
|---|---|---|---|---|---|
| 沈秋林 | | 55 | 江蘇上海 | 山西路書錦里 57 號 | |
| 陳祥龍 | | 60 | 江蘇江都 | 新聞路 520 號 | |
| 郁葆蓀 | | 56 | 江蘇無錫 | 敏體尼蔭路 10 弄 12 號 | |
| 賈二寶 | | 44 | 江蘇無錫 | 本館 | |
| 賈聚寶 | | 47 | 江蘇無錫 | 本館 | |
| 朱富貴 | | 61 | 浙江吳興 | 七浦路松同里 8 號 | |
| 張漢華 | 金林 | 34 | 江蘇南通 | 本館 | |
| 沈榮江 | 大寶 | 45 | 浙江海寧 | 七浦路餘森里 9 號 | |
| 鍾渭清 | | 57 | 浙江海寧 | 本館 | |
| 潘萬華 | | 42 | 江蘇儀徵 | 麥底安路 19 弄裕慶坊 4 號 | |
| 謝三寶 | | 45 | 江蘇常熟 | 愛而近路 490 號 | |

| 姓名 | 別號 | 年歲 | 籍貫 | 住址或通訊處 | 電話 |
|------|------|------|------|------------|------|
| 金盤生 | 以興 | 48 | 江蘇武進 | 本館 | |
| 王成金 | | 40 | 江蘇江都 | 愛文義路成都路金家宅22號 | |
| 孔慶坤 | | 37 | 江蘇江都 | 北山西路老泰安里6號 | |
| 殷成章 | | 30 | 浙江鎮海 | 新聞路鴻福里95號 | |
| 孫學禮 | | 48 | 江蘇鎮江 | 本館 | |
| 秦中山 | | 45 | 江蘇六合 | 小沙渡路勞伯生路南嬰華里東首第4弄3355號 | |
| 龔德生 | 阿升 | 34 | 江蘇青浦 | 愛來格路鼎寧里14號 | |
| 錢煥根 | | 36 | 江蘇無錫 | 天潼路701號 | |
| 陳錫彤 | | 46 | 江蘇松江 | 徐家匯土山灣引家港耕裕里3號 | |
| 嚴桂芳 | | 32 | 浙江鄞縣 | 開封路洽興里32號 | |
| 劉玉成 | | 56 | 安徽懷遠 | 盆湯弄橋第2弄6號 | |
| 黃學林 | | 51 | 江西九江 | 本館 | |
| 卓和尚 | 熊飛 | 38 | 浙江杭縣 | 天津路246號 | |
| 陶金樹 | | 40 | 江蘇江都 | 本館 | |
| 袁成章 | | 47 | 江蘇江都 | 本館 | |
| 陳錦榮 | 虎廷 | 38 | 江蘇江寧 | 九江路又新里4號 | |
| 陳富祥 | | 39 | 江蘇海門 | 本館 | |
| 梁金生 | | 50 | 浙江紹興 | 本館 | |
| 鄔金水 | | 35 | 浙江杭縣 | 天津路246號 | |
| 張伯翹 | | 33 | 江蘇南匯 | 八里橋街執中里22號 | 85759轉 |
| 姚雪生 | | 38 | 江蘇太倉 | 本館 | |
| 李兆榮 | | 40 | 江蘇松江 | 本館 | |
| 沈森源 | 聲遠 | 23 | 浙江海寧 | 本館 | |
| 吳祖益 | | 28 | 安徽歙縣 | 本館 | |
| 闞春元 | | 24 | 江蘇江都 | 本館 | |
| 崔伯章 | | 29 | 浙江紹興 | 本館 | |
| 陳錦堂 | | 26 | 江蘇江寧 | 北山西路盆湯弄德安西里2弄6號 | |
| 常生寶 | | 42 | 江蘇江都 | 本館 | |
| 沈國慶 | | 20 | 江蘇江都 | 本館 | |
| 沈履坤 | | 25 | 浙江海寧 | 本館 | |
| 龔彩龍 | | 41 | 浙江吳興 | 北山西路德安里175號 | |
| 都延齡 | | 30 | 浙江海寧 | 本館 | |
| 方雄 | 鐵量 | 26 | 江蘇武進 | 本館 | |
| 許金祥 | | 35 | 江蘇金山 | 本館 | |

## 秘書室庶務科　事務股 司務組

| 姓名 | 別號 | 年歲 | 籍貫 | 住址或通訊處 | 電話 |
|---|---|---|---|---|---|
| 張榮慶 | | 35 | 江蘇淮陰 | 貝勒路望志路同益里 9 號 | |
| 蔣傳敘 | | 42 | 江蘇武進 | 本館 | |
| 吳琴大 | | 38 | 江蘇武進 | 本館 | |
| 鄭全中 | | 57 | 浙江鄞縣 | 北山西路泰安里 67 號 | |
| 葛恆高 | | 49 | 江蘇江都 | 本館 | |
| 丁明萬 | | 43 | 江蘇江都 | 本館 | |
| 談阿榮 | | 58 | 江蘇吳縣 | 本館 | |
| 高有根 | | 38 | 江蘇江都 | 本館 | |
| 眭德祥 | | 36 | 江蘇江都 | 本館 | |
| 闞傳朝 | | 38 | 江蘇江都 | 西門路西門里 9 號 | |
| 王德昌 | | 40 | 江蘇鎮江 | 本館 | |
| 李景福 | | 45 | 浙江紹興 | 老靶子路德年新村 269 號 | |
| 倪和尚 | | 38 | 江蘇海門 | 本館 | |
| 池松茂 | | 37 | 浙江紹興 | 本館 | |
| 楊采甫 | | 30 | 江蘇武進 | 新閘路醬園弄 13 號 | |
| 李福根 | | 49 | 江蘇松江 | 本館 | |
| 華銀根 | | 36 | 江蘇吳縣 | 本館 | |
| 何永興 | | 34 | 浙江鎮海 | 辣斐德路平濟利路停雲里 56 號 | |
| 韋喜順 | | 49 | 江蘇江陰 | 本館 | |
| 徐阿春 | | 36 | 浙江蕭山 | 本館 | |
| 杜兆元 | | 46 | 浙江蕭山 | 本館 | |
| 朱隆生 | | 34 | 江蘇鎮江 | 本館 | |
| 劉錫雲 | | 36 | 安徽懷遠 | 盆湯弄橋德安里 6 號 | |
| 徐關清 | | 43 | 浙江蕭山 | 本館 | |
| 朱金虎 | | 31 | 浙江杭縣 | 本館 | |
| 黃兆連 | | 36 | 江蘇江都 | 本館 | |
| 孫和尚 | | 34 | 江蘇武進 | 本館 | |
| 鄔龍基 | 立柏 | 30 | 浙江杭縣 | 山東路尚和里 22 號 | |
| 楊寶如 | | 43 | 浙江鄞縣 | 白克路 175 號 | |
| 楊順興 | | 38 | 浙江鄞縣 | 本館 | |

## 秘書室庶務科　事務股 輸送組

| 姓名 | 別號 | 年歲 | 籍貫 | 住址或通訊處 | 電話 |
|---|---|---|---|---|---|
| 潘阿大 | 裕昌 | 46 | 江蘇常熟 | 寧波路 372 號 | |
| 柴小根 | 嘉根 | 31 | 浙江鄞縣 | 愛來格路鼎寧里 1 號 | |
| 裴廣修 | | 48 | 江蘇江都 | 本館 | |
| 眭阿興 | 德高 | 40 | 江蘇江都 | 本館 | |
| 張阿瑞 | | 41 | 江蘇海門 | 哈同路福煦路 999 號 | |

| | | | | | |
|---|---|---|---|---|---|
| 楊寶元 | | 37 | 江蘇寶山 | 北山西路 153 號 | |
| 錢海華 | | 34 | 江蘇無錫 | 虞洽卿路文元里 5 號 | |
| 吳彩桂 | | 29 | 安徽歙縣 | 大沽路 23 號 | |

## 秘書室庶務科　事務股 司務組

| 姓名 | 別號 | 年歲 | 籍貫 | 住址或通訊處 | 電話 |
|---|---|---|---|---|---|
| 李基英 | | 44 | 山東泰安 | 新重慶路咸益里 5 號 | |
| 張榮海 | | 39 | 江蘇吳縣 | 太平橋菜市路受福里 4 號 | |
| 韓維琇 | | 44 | 山東永城 | 善鐘路 43 號 | |
| 劉松山 | | 36 | 河北永慶 | 昌平路 2 號 | |

### 五、「同人經手廣告須知」，1945.11，〈申報晨報的一些章則簡約草案〉，《申報新聞報檔案》，上海市檔案館藏，檔號：Q430-1-74。

（原文無新式標點，為編者所加）

一、本館同人經手刊登本報廣告，概照定章八折收費，以示優待。惟經手人對於客戶收費不得低於九折，如有不遵此項規定，一查明屬實，立即取消其經手廣告之權利。

二、不論大小廣告，刊費概須預先付清，方可照登。

三、不論大小廣告，如欲記賬刊登，概須由各該管主任於底稿上簽字，方可照登。

四、凡經各該管主任簽字後記賬刊登之廣告，其刊費等一切責任，悉由各該管主任負擔之。

五、本館同人經手廣告，以新客戶為限。凡向係本館直接或由代理商經手之客戶，不得代為發稿。如有違犯此項規定，除照章分別轉賬外，並取消其經手廣告之權利。

六，廣告賬款每半月一結，上半月賬至遲須在本月底付清，下半月賬儘次月十五日付清，逾期不付，除由會計科於薪津項下代為扣付外，如有不足之數，由各該管主任負責處理之。

七，凡有類似廣告性質之稿件，非經由廣告科簽請經理及總編輯之核准，一律不得在新聞欄刊載。

八，除上列各款外，如有未盡事宜，悉照本報廣告章程辦理之。

總經理陳訓畬

六、「新聞報職工待遇概況」、「新聞報工場各組工
　　作標準」、「新報申報兩報員工待遇比較表」，
　　1947年，〈申報館員薪級表〉，《申報新聞報檔
　　案》，上海市檔案館藏，檔號：Q430-1-10。
　　（編原文無新式標點，為編者所加。原文表格為直
　　　式書寫，編者改為橫式。本文為申報調查新報，
　　　　　　　　　　　　　故本文「本報」指申報）

### 新聞報職工待遇概況

　　現在新聞報方面，工人，基薪自三十一元起，打
九五折加工（加工見附表），不折不扣。職員，本周職
員基薪仍照職員生活指數計算，不再打折扣，惟據傳該
館職員，有要求照工人生活指數計算薪津之說。根據以
前待遇情形，本館職工之待遇，約為新聞報職工待遇之
七折強（見附表）。

### 新聞報工場各組工作標準

　　根據該報「三十五年九月調整各部待遇方法」及
三十五年十二月本報調查所得資料：

### 廣告股

一、原有人數
　　正工三十五人，學徒一人（作半人），空額二人。
二、工作標準
　　（一）戰前四九人排老長行二四○○行，每人排老
　　　　　長行四八‧九七九九行，合現行批數二‧

三九批。

（二）現在排六號字，應按戰前標準七折計算，每人應排一‧六七三批。

（三）空額二人除外，三五‧五人應共排五九‧三九批。

（四）以出報二張半廣告八〇批為基數計，多排二〇‧六一批。

（五）按每人排一‧六七三批推算，應添正工十二人半。

（六）決定添用正工六人臨時工九人（空額二人取消）。

（七）超過八〇批之額外工作津貼方法，新聞報原稿並未載明。按戰前標準七折，折合為每二‧七三批為一工。根據卅五年十二月份調查所得為「每超過一批做一工，臨時工二批做一工」。

新聞股

一、原有人數

正工三十一人，學徒二人（作一人）。

二、工作標準

（一）戰前五八人排老皮四〇皮，每人應排〇‧六八九三老皮，合現行批數一‧〇八批。

（二）現在間排六號字，應按戰前標準八折計算，每人應排〇‧八五皮。

（三）三十二人應共排二十七‧二皮。

（四）但過去向以二十三皮為標準，故三十二人總
　　　工作批數，仍做二十三皮。

（五）以出報二張半新聞四十五批為基數計，多排
　　　二十二皮。

（六）以每一批半天用一人為原則，增僱正工六人
　　　臨時工九人。

（七）超過四十五批之額外工作，每一批半作一臨
　　　時工計算津貼。

印刷場

一、現有人數

　　正工五十六人，臨時工三人，空額四人。

二、工作標準

（一）以三大張為基數，每多出半張，每人津貼
　　　一三‧七五元（四分之一臨時工無5/12）。

（二）不滿四張時亦做四張計（因三張半已需分三
　　　次印刷），即每人加二十七元五角。

（三）因銷數超過十二萬份，工作時間延長二小時
　　　（八小時之四分之一），每人再貼十三元七
　　　角五分（工資四分之一無十二分之五）。

註：但按照三十五年十二月份調查為以二張半為基數，
　　每加半張加基薪十七元五角，印數不滿廿五萬份
　　時，加百分之三十五。

鉛版股

一、原有人數

正工十八人，空額一人。

二、工作標準

（一）以澆版一百廿八塊為基數。

（二）每十二塊作一臨時工。

（三）現在每日澆版二百八十八塊計，超出一百六十塊，應貼十三工三，再貼搬鋁版臨時工三人。

（四）按此法計算，每人可分得五十四‧五元（無十二分之五獎金）。


鑄字股

一、原有人數

正工十二人。

二、工作標準

（一）以四十二包二百六十根鋁條為基數。

（二）工作超出基數二倍以內時，每倍貼臨時工三人，不足一倍比例比算。

（三）超出基數二倍以上之額外工作，每十二包或一百七十五根，貼臨時工三人。

註：第三條新聞報原稿文藝不甚明瞭，按三十五年十二月份調查，則並無超出基數二倍以上額外工作津貼之規定。


紙版股

一、現有人數

正工十二人，臨時工二人，學徒一人。

二、工作標準

（一）戰前有十五人作二十六版，每人扯作一‧
七三三版。

（二）現在以三大張為基數。

（三）每加半張（二版），加二工，若加出一張
（四版），加五工。

（四）復壓紙版，每四張為一工。

（五）報紙分三次印刷，增加工作時間二小時，每
人月貼十三元七角五分（無5/12）。

（六）墊紙版貼臨時工半人。


勤務股

一、現有人數

四十二人（按此當係專指與印報有關之司務）。

二、工作分配

捲子七人，發行六人，打包十五人，送車站十人，
送郵局四人。

三、工作標準

（一）以出報三大張為基數。

（二）每多出一大張，另添臨時工十名（每半張
五名）。

附註：根據新聞報原稿推算

正工：基薪五十五元

空額：薪津與正工半人相等

臨時工：薪津與正工三分之二相等

技工工作時間，以八小時為標準

## 兩報員工待遇比較表

| 事項 | | 新聞報 | 本報 |
|---|---|---|---|
| 職員請假 | 病假 | 每年十四天內不扣薪津，逾假在一個月內扣四分之一，兩個月內扣二分之一，在三個月內扣四分之三，逾三個月全扣 | 不扣薪津<br>三十五年八月起，病假二天扣星期不休息升工一天 |
| | 事假 | 每年三十天，每月事假六天半以內扣升薪津，六天半以外扣每月薪津 | 每月請假四天以上者，除去星期不休息升工外，每月再扣考勤升工十五分之一 |
| | 婚喪假 | 本埠七天外埠十四天不扣薪津 | （編者按：婚喪假同左列新聞報） |
| | 生產假 | 女職員生產假四十天不扣薪津 | 尚無 |
| | 曠假 | 一天扣薪津兩天 | 無 |
| | 遲到早退 | 每次在十五分以上，以十分為單位，一個月滿四百八十分扣一天 | 無 |
| 技勤工請假 | | 技勤工請假，幹事派代，不扣工資 | （編者按：同左列新聞報） |
| | 婚喪假 | 本埠七天外埠十四天，幹事派代工，由館給資 | 本埠七天外埠十四天，在規定假期內，由館津貼原薪津二分之一 |
| | 病假 | 給工貼二分之一，滿三個月者不給工貼 | 每年以三個月為限，在規定假期內，由館津貼原薪津二分之一 |
| | 升工貼 | 每月二天半 | 每月二天 |
| 員工借薪 | 婚喪借薪 | 借支三個月，分五個月扣清 | 借支二個月，至少須扣十分之一，惟年終須全部扣清 |
| | 疾病借薪 | 借支一個月，分三個月扣清 | 借支一個月，扣還辦法同右 |
| | 其他借薪 | 借支半個月，月底發薪時扣清 | 妻室生育，借支一個月，天災借支二個月，扣還辦法同右 |
| 喪葬撫卹費 | 喪葬費 | 薪津四個月，至少以基薪二百元，照當月生活指數算 | （編者按：喪葬費同左列新聞報） |
| | 撫卹費 | 照在職時實得薪工津貼給二個月，服務一年加給半個月 | 服務每滿兩年，給最後薪津一個月（不滿二年者，亦作二年計算） |

| 事項 | | 新聞報 | 本報 |
|---|---|---|---|
| 退職金 | 退職金 | 服務滿兩年，照在職時實得薪工津貼給三個月 | 薪津四個月，照當月生活指數計算，旅費二個月 |
| | 勞績金 | 照在職時實得薪工津貼給兩個月，服務一年加給半個月 | 服務每滿二年，給最後薪津半個月 |
| | 贈與金 | 服務滿五年，給贈與金四個月，至少為基薪二百元乘當月指數 | 無 |
| 醫藥診療 | | 在顧問醫生處治病，診費藥費由報館負擔，住公立醫院治病，其費用由報館負擔 | 在特約醫師處治病，診費藥費由館負擔 |
| 消費合作社 | | 供應日常必需品 | 無 |
| 子女助學金 | | 三人為限，補助學什費，以立案學校為限，兩次成績不及格者不給 | 無 |

### 七、「本報員工薪津比較表」，1947.1，〈申報有關發行、廣告方面的統計報表〉，《申報新聞報檔案》，上海市檔案館藏，檔號：Q430-1-11。

（本文為申報所調查，故「本報」指申報）

## 本報員工（館內）薪津比較表
## 二十五年十二月與三十五年十一月

| 部分 | 年月 | 人數 | 員工薪津支出 | 由生活指數折合25.12（35.11＝5684） | 每人平均所得 | 35.11 與 25.12 比較 | | | 備註 |
|---|---|---|---|---|---|---|---|---|---|
| | | | | | | 每人平均所得 | 本部薪津支出 | 人數 | |
| 經理部 | 25.12 | 84 | 6124 | 6124.00 | 72.91 | 100.00 | 100.00 | 100.00 | |
| | 35.11 | 122 | 85,893,980 | 15,111.54 | 123.88 | 169.97 | 246.67 | 145.47 | |
| 言論編輯部 | 25.12 | 76 | 7253 | 7253.00 | 95.43 | 100.00 | 100.00 | 100.00 | |
| | 35.11 | 83 | 66,810,590 | 11,754.15 | 141.62 | 148.40 | 162.06 | 109.09 | |
| 技勤部 | 25.12 | 326 | 12,777 | 12,777.00 | 39.20 | 100.00 | 100.00 | 100.00 | 技工與勤務額外工作津貼計算標準不同，故事實上技工薪津收入當不上 103.99 元 |
| | 35.11 | 227 | 134,155,205 | 23,602.25 | 103.99 | 265.28 | 184.72 | 69.63 | |
| 職員共計 | 25.12 | 160 | 13,377 | 13,377.00 | 83.61 | 100.00 | 100.00 | 100.00 | |
| | 35.11 | 205 | 152,704,570 | 26,865.69 | 131.05 | 156.74 | 200.83 | 128.13 | |
| 職工共計 | 25.12 | 486 | 26,154 | 26,154.00 | 53.81 | 100.00 | 100.00 | 100.00 | |
| | 35.11 | 432 | 286,859,772 | 50,467.95 | 116.82 | 217.10 | 192.94 | 88.88 | |

註：1. 本表專就本報館內工作人員薪津比較，言論編輯部派駐館外人員，不計入內。

　　2. 因事實上之困難，本表技勤部份人數一項，不包括臨時工，而薪津支出一項，則將臨時工包括入內。

　　3. 本報三十五年十一月份每日平均出報 3.07 張，二十五年十二月份每日平均出報 6.45 張。

## 八、申報館調製，「員工年齡統計」、「員工服務年 期統計」，1947.6，〈申報館關於人事案卷目錄、 統計表及名單〉，《申報新聞報檔案》，上海市 檔案館藏，檔號：Q430-1-6D。

### 員工年齡統計

| 年齡 | 職員 | | 工友 | | 員工合計 | |
|---|---|---|---|---|---|---|
| | 人數 | 百分比 | 人數 | 百分比 | 人數 | 百分比 |
| 20 歲以下者 | 4 | 2.04% | 8 | 3.48% | 12 | 2.82% |
| 20 歲以上者 | 48 | 24.49% | 37 | 16.09% | 85 | 19.95% |
| 30 歲以上者 | 57 | 29.08% | 73 | 31.74% | 130 | 30.52% |
| 40 歲以上者 | 57 | 29.08% | 83 | 36.09% | 140 | 32.86% |
| 50 歲以上者 | 25 | 12.76% | 28 | 12.17% | 53 | 12.44% |
| 60 歲以上者 | 5 | 2.55% | 1 | 0.43% | 6 | 1.41% |
| 共計 | 196 | 100.00% | 230 | 100.00% | 426 | 100.00% |

### 員工服務年期統計

| 服務年期 | 職員 | | 工友 | | 員工合計 | |
|---|---|---|---|---|---|---|
| | 人數 | 百分比 | 人數 | 百分比 | 人數 | 百分比 |
| 2 年以下者 | 124 | 63.27% | 137 | 59.57% | 261 | 61.27% |
| 2 年以上者 | 2 | 1.02% | 1 | 0.43% | 3 | 0.70% |
| 5 年以上者 | 10 | 5.10% | 14 | 6.09% | 24 | 5.63% |
| 10 年以上者 | 26 | 13.26% | 38 | 16.52% | 64 | 15.02% |
| 20 年以上者 | 26 | 13.26% | 35 | 15.22% | 61 | 14.32% |
| 30 年以上者 | 8 | 4.09% | 5 | 2.17% | 13 | 3.06% |
| 共計 | 196 | 100.00% | 230 | 100.00% | 426 | 100.00% |

---

### 延伸閱讀

1. 上海報工的一般狀況／顧用中
   《新聞記者》，第 1 卷第 2 號（1937.07），頁 11-16。

# 參　新聞編採

**一、「通訊員簡約」，1925.4/1，〈新聞報館營業執照、印鑑及規章制度〉，《申報新聞報檔案》，上海市檔案館藏，檔號：Q430-1-259。**

（原文無新式標點，為編者所加）

一、本館通信員以消息靈通、宗旨純正、不偏不黨為主。

二、通信員拍電須擇重要事件，普通新聞無重要關係，如公署更調職員、任用縣知事及尋常軍隊移防之類，可不必發電。

三、發電文字須簡短明白，不可冗長含渾，至於應詳述者，又不可過省。如一種事變，須注意其原因及結果；如某處兵變，須注意因何事激動；如某處火災，應注意損失若干。又如電中人名，人所共知者，自可單簡；如在一地方雖甚顯赫，而外埠不詳知者，須將姓名及官銜職業，完全拍出。以前有某處來電云「王營長辭職」，在通信員以為此人之去留關係重要，而館中則不知其人，只有廢棄不用。

四、新聞貴有系統，如發生一事，總須述其來源及結束。查以前各處來稿，往往僅發一信，以後如何竟不提及，殊令閱者悶損。以後應注意此點，俾關心此事者，可詳其始末。

五、通信員搜集新聞資料須有準備，如定期之事，已知預定日期，即當及早籌備探訪方法，以免臨時倉皇。

六、通信員發電寄稿，關於他人營業名譽之事務，須調查清楚。譬如聞某商店倒閉或某人有失德之事，應詳加調查，必有確據，始可發稿。否則冒然登出，必起糾葛，既損本報價值，通信員亦不免為人疾視。

七、外埠通信員應各就本地方留意，如有官吏更調及新設機關等事，應隨時調查詳情，列表報告以備檢查。

八、通信員應就地方遠近分兩種辦法，近上海各省應多通信少發電，普通新聞亦可寄稿；邊遠省分則宜多拍電，通信須紀重要事件，因遠處瑣事，閱者不甚注意。

九、新聞以速為貴，通信員對於寄件遲速應留意，同一新聞如能先到，則價值增高，事過境遷，即不免明日黃花之誚。

十、通信員來稿須用墨筆寫，字跡勿潦草勿模糊（地名人名尤須注意）。每一件事畢，須留一二行空白，然後另寫他事。如用油印須印清楚，並不可用光滑難上墨之紙（此條本埠通信員尤須注意）。

十一、本埠各地段通信員須認清自己所擔任之地段，盡力在其範圍內採訪，不能專守一機關，照例鈔寫一、二案件即為盡職。

十二、本埠地面出重要事件地段，訪員須於當日有詳確報告。

十三、本埠特別通信員須留心新出重要事件，如與某機關有關係者，須就其機關採覓要訊，必能得普通通信員所不能得之新聞，方為盡職。

十四、通信員寄稿，須點句以清眉目。

十五、來稿必須詳細校過，期無誤字，方可付郵。否則或因一二字之錯誤，適關重要，編輯部無從臆改，致將全段棄去，殊為可惜。文件尤以細校無誤為要，此層通電者更須注意，因電文簡略，一有錯誤即無法解釋。

十六、通信員逐日須看本報，除留意自已採訪範圍之新聞外，其他各地新聞亦須瀏覽，倘有與採訪範圍內新聞有關係者，可資參證並免報告重複。

十七、來稿中有敘及事見前報者，應註明已見某日本報，以便查核，勿但云已見前報，此項宜格外注意。

十八、來稿中敘述已過之事，不宜用昨日前日等字樣，須標明某日，以免含混，稿尾應註明某日發。

十九、通訊員如有藉本報名義在外招搖者，查出立即辭退。

二十、通信員來稿用否由本館酌定，如或不用，通信員疑有洪喬之誤，不妨函詢，惟不得有詰責語氣。

廿一、一地或不止一通信員，宜各自盡其職，不得傾
　　　軋他人造言攻訐，以杜壟斷之弊。

廿二、通訊員來稿須蓋本人圖章，領薪時即憑該章領
　　　取，以杜混冒。

新聞報館編輯部訂

二、「新聞報採訪應行注意事項」，1936年，〈新聞報
　　館關於廣告、財務、報紙等事務卷〉，《申報新聞
　　報檔案》，上海市檔案館藏，檔號：Q430-1-253。

　　　　　　　　（原文無新式標點，為編者所加）

（一）凡與中央社雷同之消息，不必發電。

（二）編列各社團簡字電碼，謄寫兩份，一份交館一
　　　份自留備用。

　　　「例」中央政治會議為「政會」兩字，律師公會
　　　　　　為「律會」二字，餘類推。

（三）發電以簡單明白為主，但宜避免意義不明之弊。

　　　「例」立法院長孫科於十一日晚十一時乘夜快車
　　　　　　赴滬公幹，可改為「科真夜車赴滬」；又
　　　　　　如蕪湖電五六兩日氣候嚴寒，七日下午
　　　　　　三時大雪紛飛，迄晚未止，做小本生意者
　　　　　　咸大受影響，可改為「徽魚氣候嚴寒虞大
　　　　　　雪迄晚未止」（何時降雪無關緊要不必加
　　　　　　入，末句更無意義）。

（四）訪問要人宜記錄談話要點，其空泛不切實際
　　　者，不必列入。

　　　「例」記者今晨赴綏署謁何成濬，據談皖鄂豫邊
　　　　　　境赤匪十二日突圍西竄，殘匪三個月內可
　　　　　　告肅清，鄂省剿匪任務告一段落，可改
　　　　　　為「何語記者鄂皖豫邊匪文西竄殘匪易肅
　　　　　　清」；又如居正談此次中央派余等迎胡入
　　　　　　京主政，胡鑒於中央屬望甚殷，已允北

上，何日啟程尚未決定，可改為「居正談
余等奉派迎胡，胡允入京，行期未決」。

（五）如有重要問題拍發函電，不厭求詳，以免較他
報落後或有遜色。如無要事，可數日或一兩旬不
發一字，但仍須隨時注意當地時事之動態，庶無
遺漏要聞之弊。本館考核勤惰，不以函電多寡為
轉移，而以辨別重輕、不遺漏不冗雜為主。

（六）地方雜訊與全國及上海毫無關係之消息，可以
不發。

「例」青島電，虞上午七時中行行員陳傑之乘膠
濟車，由京解青法幣十萬（此電可不發）。

（七）探取當地通信社材料發電（除中央社外），宜
提前一日（即通信社發稿之當日），如在當地
報紙登載後拍發，電報即已落後。

（八）各地黨部機關團體開會消息，其無關重要者不
必拍發，即有重要會議，只重在議決案，對於
到會人名、開會儀式及不相干之演說，均可從
略，但有特別關係之件不在此例。

（九）通信消息其關於軍事政治，未經公布之件，無
從競勝，宜向另一途徑發展，隨時吸取經濟社
會及其他富有興趣之材料。

（十）當地發生富有興趣之攝影及名人照片，請隨時
寄下備用，原件用後仍可奉還，如須費用請隨
時開示，當於月終聯同稿酬匯奉。

（十一）本館為充實內容起見，擬指定範圍徵求某項
材料，函到時請就徵詢各項逐條開示，不必

另撰通信稿。

（十二）如當地發生特別新聞，函電較平時為多，本
館備有特酬，藉答雅意，此項特酬，僅以特
別新聞發生至終止之時期為限。

（十三）新聞貴有系統，如發生一事，須述及來源及
結束，不能僅發一信，以後情形毫不提及。

（十四）外省官吏及機關，應列表寄館備查，以後如
有變遷，仍應隨時報告。

（十五）來稿敘述已過之事，不宜用昨日前日字樣，須
標明某日，以免含混，稿末應注明某日發。

### 三、「申報言論部特約撰述簡約」，1946.1，〈上海各報動態各報負責人及編輯採訪名單申報駐外人員通訊錄〉，《申報新聞報檔案》，上海市檔案館藏，檔號：Q430-1-13。

一、本報言論部為博採輿情集思廣益起見，得聘致館外知名之士擔任特約撰述。

二、特約撰述，經本報指導員或總經理或總主筆之介紹或提議，由本報總管理處備函聘致之。

三、本報論說文字，除社論通常均由本報主筆執筆概不具名外，下列三項，特約撰述均得為本報撰稿：

　　1. 來論：（或時論）形式完全與社論相似，內容以能切合時事論題且不背本報言論方針者為合格，發表時得由作者署名，每篇不得超過二千字。

　　2. 專論：即經常社論以外之學術文章或時事論文，字數最多不得超過四千字。

　　3. 星期論壇：每星期日一篇，以能適應當前讀者需要切中時事者為主，其他建設性之學術文章亦佳，字數以不超過三千字為度。

四、本報言論部遇有特殊問題，得請對本問題特有研究之特約撰述擔任寫著專論。惟特約撰述同意撰稿後須注意截稿之最後時刻。

五、特約撰述來稿，如不登載，得寄還原寫稿人。

六、特約撰述寫作之時論或專論，如經本報總主筆認為有必要時，得不經著者之同意作社論刊出（惟不予署名），稿費則同樣致酬。

七、特約撰述均依稿計酬。來稿一律由總主筆室予以登
　　記，一經登載，即寄酬金。

八、來稿請於信封註明「總主筆或總編輯收」並標明
　　「論文」字樣，以免或有耽誤。

九、本簡則如有未盡事項得隨時訂正之。

　　　　　　　　　　　　　　　　申報館謹訂

四、「通訊社一覽」，1946.5/31，〈上海各報動態各
　　報負責人及編輯採訪名單申報駐外人員通訊錄〉，
　　《申報新聞報檔案》，上海市檔案館藏，檔號：
　　Q430-1-13。

| 社名 | 社址 | 電話 | 按月稿費 |
|---|---|---|---|
| 中央通訊社 | 圓明園路 149 號 | 15046 | $100,000 |
| 聯合社 | 中正路 34 號 | 18205 | U.S.$250 |
| 合眾社 | 中正路 9 號 | 82176-7 | U.S.$100 |
| 路透社 | 中正路 34 號 | 14913 | 新聞 $150,000 商情 $37,500 |
| 法國新聞社 | 中正路 34 號 | | $10,000 |
| 美國新聞處 | 南京路沙遜大廈 118 號 | 15732 | 不計 |
| 英國新聞處 | 外灘 27 號 | 18943 | 不計 |
| 大公通訊社 | 山東路 110 號 | 94874 | $50,000 |
| 大光通訊社 | 漢口路 692 號 | 94806 | $50,000 |
| 大中通訊社 | 北四川路 850 號 | 46551 | $50,000 |
| 華東通訊社 | 北京路中法大樓 301 號 | | $50,000 |
| 大通通訊社 | 北京路 378 號景雲樓 324 號 | 90956 | $50,000 |
| 新滬通訊社 | 雲南路 7 號 306 室 | 95800 轉 | $50,000 |
| 滬光通訊社 | 牯嶺路 132 號 | 90877 | $10,000 |
| 大華、光華通訊社 | 林森中路 688 號 | 75707 | $30,000 |
| 國光通訊社 | 陝西南路林森路口市體育館內 | 70099 | $30,000 |
| 中國時事通訊社 | 南京路慈淑大樓 344 號 | 96530 | $20,000 |
| 商業通訊社 | 泗涇路 24 號 A 字 1 號 | 17041 | $16,000 |
| 中國經濟通訊社 | 四川路 33 號 215 室 | 18264 16655 | $20,000 |
| 中國新聞攝影社 | 四川北路 850 號 | 46551 | $30,000 |

**五、西、幼、炘、槐、忠、福、俊、明、光集體執筆，〈申報二十四小時：一張報紙的誕生史〉，《申報館內通訊》，第一卷第一期，1947.1，頁5-16。**

採訪：新聞的狩獵者

太陽正從一片金浪的黃浦江上升起來，上海，這個龐大無比的都市，經過了幾個鐘點的沉靜，又恢復了一片亂糟糟的面目。人在嚷，車在擠。「老申報！老申報！」報販把油墨猶新的報紙送到了每個讀者的手裡。就在這時候，我們的採訪部，又已經在開始這一天的新的活動了。

每天報紙上的新聞，從參議會上的唇鎗舌劍，交易所裡的買空賣空，球場上的比賽，法院裡的審問，直至什麼地方燒掉了房子，什麼地方捉住了強盜，沒有一樣是能夠被採訪記者們放過的。這十幾個人是十幾條觸鬚，在上海的每個角落裡活動著，同時，他們自己之間又保持著一種密切的聯繫。十幾個人都各有專司，有的跑政治新聞，有的跑經濟新聞，有的跑外事新聞，有的跑市政府和幾個局處的新聞，有的專跑殺人放火的社會新聞。在每一天晚上，大家寫出了今天所採訪到的消息以後，便由「開普登」來支配明天的計劃了。這批人都是眼觀四方、耳聽八面的，更加上有一條特別靈敏的新聞鼻子，可以嗅到一點明天所可能發生的事情的氣息。明天，你，去察訪經濟監察團的活動；你，去採訪市商會物價會議的新聞；你，有一件漢奸案子要宣判；你，十點鐘市政府有個記者招待會。夜晚十二點鐘，全個上

海都正沉浸在一片寂靜中的時候，他們已經佈下了明天的天羅地網了。

採訪記者是成天都在活動著的。但一般地說起來，上午總比較空些，一到下午兩點鐘，情形就開始緊張起來了。大家都在外面東奔西跑，一本小簿子，一支鉛筆，急速地記下聽到的每一句話，看見的每一件事，可以用的每一個數目字。

雷震到上海來了。一定又是為了恢復和談的接觸。他住在什麼地方？誰也不知道他住在什麼地方。他叮囑了茶房不許告訴人他住的房間號數。但是新聞記者自有辦法，打聽到了，去找他。他出去了。什麼時候回來？不知道。不要緊，我等他。從下午四點鐘等到六點、八點、十點鐘回來了。「沒有什麼消息可以奉告」，他對你這樣說。但你自然會想出什麼方法，轉彎抹角地探他一點口氣出來。

你要有準備，有機智，有忍性。而且，在上海這樣的困難交通下，還要有腳力。晚上七點鐘，同伴們都絡絡續續地回來了，一碗排骨麵算了一頓夜飯，趕快埋頭把今天的收穫寫下來。想考慮一下修辭嗎？來不及了。想喝一杯咖啡恢復一點疲倦了的腦力嗎？來不及了。快，快，編輯先生們已經坐在那裡，拿起了紅筆和漿糊，在等候你的稿子了。

## 攝影：半秒鐘的時間

採訪記者用筆記錄下新聞，攝影記者用照相機記錄下新聞。

　　只有作攝影記者的人才真正了解時間可貴這句話。他珍惜的不是一天，一個鐘點的時間，而是一秒鐘，不，半秒鐘的時間呀。

　　照片是配合新聞的，所以攝影記者的活動，在許多時候也是和採訪記者共同的。不過一個攝影記者必須十分了解每一件新聞的重量，這才能攝取最最適用的照片。他們也一樣地，在前一天晚上先約略分配好明天的任務，三個攝影記者各奔東西。當然，許多新聞是突然發生的，你決沒有方法預料，但是你必須要能及時趕上。

　　一家戲院正在放映一張轟動上海的好萊塢歌舞名片，門內的購票處前擠得水洩不通。突然地，轟然一響，什麼人投了一顆手榴彈，立刻情形大亂了，男人們四散奔逃，女人們尖聲呼叫，受傷的在呻吟，警察趕來了，不到一刻鐘，報紙的攝影記者也已經趕到，把這一切攝入鏡頭了。大家都不免要覺得奇怪：他們怎麼會知道上海每一個角落裡，每一分鐘所發生的事情呢？難道他們是預先坐在馬路的轉角邊等著的麼？

　　攝影記者，正像一切擔任外勤的記者們一樣，是有著一個新聞的情報網佈置著的。靠了許許多多預先佈置在外面的接觸，他們能夠很快地知道每一件發生的事情。當然，有許多時候，像什麼團體的紀念會、招待會，或者是警察局捉住了強盜，他們是會自己打電話來要你去拍照的。不過大部分，是要靠你自己的偵察尋訪。常常有許多名貴的新聞照片是可遇不可求的，美國一位名攝影記者所拍的琉璜島上第一面美國國旗豎起的

照片，曾轟動了全美，被推為二次世界大戰中最佳的新聞照片，被採用做郵票的圖案，被製成了勸募公債的標語畫。

我們的三個攝影記者，白天出去獵取鏡頭，為了拍一位新到上海的重要外賓，不惜在風雨交作的碼頭上守上三四個鐘頭。他必須預先找好自己的有利位置；必須在擠成一團的群眾中殺開一條血路，以接近自己的目標；他必須站到汽車上，爬到電桿上、屋頂上，為了要攝取自己所需要的鏡頭。

傍晚，回來了。放下照相機，他立刻就換上工作衣，跑進暗室去沖洗。如果急要，他可以在一刻鐘裡把照片洗晒出來，送到編輯的桌子上。

電訊：空氣中的花樣

從晚上八點到深夜三點。「搭，滴滴，搭，搭，滴，……」

「喂，你那裏？喂，喂？……」

這就是緊張萬分的電訊室。一張全國性的報紙，新聞是從全國的每個角落來的，這些新聞，如果不經過電訊的手續，就無法能到達漢口路三百〇九號的三樓上。

電訊室所收的電報，除了英文電是由外國通訊社供給的以外，國內的電訊，多半是由中央社發的。從晚上八點到三點這一段時間內，中央社的稿子，除特殊情形外，是不會間斷的。而且，因為稿子太多了，電報的號數時常顛倒，次序先後不一，加之發報人的技術又並不完全高明，難免發生錯誤。在這種時候，收報人如果不是經驗豐富，簡直就會弄得頭昏腦漲，手足無措。

這還是指好天氣的時候。碰到天氣壞，風雨敲窗，雷電交作，那就要糟得多了，尤其是對於長途電話，影響更大，任是對方喊得力竭聲嘶，你還是一字聽不見。長途電話也是報紙重要的電訊工具之一，除了南京和蘇州是經常通話的以外，其他還有鎮江、南通、常熟、無錫、青浦等地，這些來自各地的電話，發話人（對方）大都講當地的方言，而不幸擔任電訊工作的人又並非個個都是精通全國方言的專家，聽起來不免要弄到牛頭不對馬嘴。為了免得錯誤，只有小心翼翼地問個明明白白，才敢抄下來。尤其是南京來的電話，數量既多，而所報導的新聞又多半十分重要，將成明天報上的「頭條」，錯一個字會鬧出大亂子。

電話是只要記下來就完了，至於電報，則收到的都只是 1234 的數目字，還得經過一番繙譯的功夫，（至此不得不有點抱怨中國文字的麻煩。）報館派在外面的特派員、記者、通訊員每天拍來的電報，數量很可觀，電報送到的時間先後不一，有時候只來一兩份，有時候二三十份一齊湧了來，為了求迅速，（惟恐編輯們催），當這些電報一送進屋子時，大家不得不爭先恐後，好像急欲一覩愛人從遠方寄來的情書一樣。

一份電報，中間必須經過了發稿、譯電、和收報等三個階段，輾轉下來，達到目的地時，電文就難免要有許多錯誤。這些錯誤都無原稿可以校對，我們只好自己來替他改了，這事情要有經驗，有常識，更加上點揣測的本領，才能夠根據電碼的數字，上下的詞令，和發稿人可能的音誤字誤，把一份電報弄成沒有錯誤。

如果左改右改皆不成文呢？喜歡尋根究底的人問。

那就只好把這一句不要了。但非不得已不忍出此也。

## 資料：新聞還是舊聞

一件新聞，從採訪編輯，以至印刷發行，並不一定和資料室發生關係，但有時在需要的時候，卻也是必不可少。這裡是新聞（或者可以說是「舊聞」）的準備庫，隨時供應各方面的需要。

「舊聞」準備庫以蒐集資料為最主要的工作。本埠報紙二十八種，外埠報紙一百七十餘種，中外雜誌一百三十多種，以及各種圖書、表格、照片之類，都是資料的來源。報紙上的材料，從剪、貼、到分類、裝訂，工作最為繁重。本報、新聞報、和大公報，都是當天剪貼完成，其餘則在第二天剪貼。至於外埠報紙，現在尚未剪貼，只把他們整理一下，庋藏起來，以便日後參考檢查。

雜誌到後，先行登記，然後披閱一過，遇有參考價值的文字，摘錄下來，編製索引。買到書籍，也須經過登記、分類、編目手續，再供同仁借閱。

報紙上所看到的照片、圖畫，也是由資料室搜集的。這許多照片、圖畫，一部份由本館自己拍攝，一部份由外面供給，分別藏在特製的紙袋中，紙袋按照編定次序排列。名人照相，另外編排，連同履歷，放在一起，檢查時全部可以得到。最初報館中的資料室，只收集一些名人相片和履歷，以便死後發表，這實在是他的

原始工作。

　　資料來源，並不止此，還有許多未經發表的通訊稿件，各方面的報導，以及有宣傳作用的印刷品，不論片紙隻字，都要珍貴地收藏起來。這裡好像是一家藥舖，草本樹皮，牛溲馬勃，都應齊備。同時還要事先準備，否則有如三年之病，而求七年之艾，不免臨時要手足無所措了。

　　資料室除搜集和整理工作外，還須撰寫參考文字，與新聞相配合，使讀者對於某一件事，能詳細地知道他的演變經過與將來趨勢。逢到紀念節令，加出特刊，資料室的工作，更顯得緊張了，要寫紀念文字，必須搜覓史料，找尋舊照，這種種都非事前準備不可的。


## 編輯：廚子們的手段

　　編輯部有一位前輩先生常如此說：「我們的工作好比是一群廚子，新聞原料便如每天的新鮮菜蔬，烹飪的結果是好是壞，我們固然負著大半的責任，但是還得看材料的精彩與否，實際上我們是無能為力的。」

　　這自然只是他謙虛的說法而已，事實上常不盡然。同樣一條中央社或合眾社發出的油印稿，經過編輯先生一番整理，加上標題，明天在報上出現的時候，已經全非隔宿的面目了。同時，它在各家報紙上出現的時候，除了文字相同，面目也絕不會雷同——這就是編輯所起的作用。

　　新聞稿件的來源，就本報的各版而論，大致有這幾種：1.採訪室，有「本報訊」三字的新聞，都是該室同

人一天辛勤的成績。2. 各通訊社，其中以發本市新聞稿的最多，目前已有三十家以上，有的專發經濟消息，有的專發教育消息，有的由於背景與人事的關係，每側重於某一方面的新聞，至於能發國內外各種稿的通訊社，在國內還只中央社一家。此外，尚有外國通訊社，如合眾、聯合等，是國際版的主要供應者。3. 各地特派員通訊員，他們是本館在國內外各地的觸角，他們所發的專電與信稿，每較通訊社稿件為詳盡生動。並且因為明瞭館方的意向，能供給所需要的消息（包括不便發表的參考訊在內）。此外，當然尚有若干次要或不重要的來源，可說是自鄶以下，無足道矣。

如此三大類的來源，每晚供給一大堆的新聞稿，在九時以後，積壓在各版編輯之前。這裡面，有金鈔禁止買賣的消息，有主席發表的書面談話，有汽油漲價的傳說，也有馬歇爾行將訪蘇的新聞，此外，有盜案、有火警、有漢奸宣判、也有黃牛黨被補、⋯⋯諸如此類，看得人眼花撩亂。

但是，經過總副編輯的一番甄別（用與不用），與分類（用在那一版）之後，這批初稿便都到了它們所應該到的地方。

在這裡，編輯先生們發揮他們「無冕帝王」無上的威力了。每一版的地位有限，而稿子如此之多，因此第一步工作又是甄別，用與不用。過於誨淫誨盜或有礙善良風化的黃色新聞，惡意攻訐某一人或某一團體的文稿，都是屬於「應毋庸議」之列的。

第二步，還是「甄別」，甄別新聞的重要性。重要

的給它一個顯著的地位，給它一個大字的標題，等而下之，依此類推，直到每條只三兩句的簡訊為止。

標題是編輯們爭奇致勝的場合，是編輯的靈感、主觀、辭藻、見識、經驗發揮至於極點的結晶，也許偶或也看見白頭老編輯握管吟哦，多時未下一筆，以為構思未免太苦。可不知標題上一個字的進出，那才大呢，春秋有一字褒貶之說，標題著作庶幾近之。因為通常標題，短者五六字，長的僅九字或十字，欲盡括通篇大意，如何能夠。因此，有的以「驚奇」吸引讀者，有的暗示後文性質之重要，以吸引讀者。概述新聞大意，使人一覽無遺的，只是為讀者便利而設想，內容又比較平凡的一種而已。

標題著作完畢，稿發到排字房，編輯的工作仍未完畢。這最後一件工作更重大，名曰「拚版」。許多長短不一的鉛字稿，要拚成一版既美觀、又要能藉不同的地位、顯現出每條新聞的不同重要性，真無異於拚七巧版。須待「大樣」看畢，認為毫無錯誤了，編輯們方才抽一枝捲烟，深深地鬆了一口氣，帶著一張黃黃的臉，拖著沉重的腳步，回房去安眠。那時大概離開東方魚肚白色的時候，已經不遠了。

## 廣告：錢是這樣來的

廣告是新聞事業的部門之一，亦是報館的主要收入。廣告的來源可分三種：一是自動性的，一是心理性的，一是推動性的。所謂自動性的，因為報紙本身的銷路廣，客戶有非刊登該報廣告不足以謀業務上發展之

感；所謂心理性的，亦可說是廣告客戶湊熱鬧，也即是廣告引廣告；另一種是推動性的，亦即是別報有而本身沒有刊登的廣告，設法使其亦來登載，所以要有推動的工作，這是最吃力而難以討好的事情。廣告要發達先要銷路好，要銷路好，先要新聞充實，但新聞雖充實，是否迎合一般讀者的胃口，還是一個問題。廣告也要求其包羅萬象，名目繁多，名目多則雖為廣告，亦自有其新聞的價值，此所謂「廣告」要做成其有「新聞性的廣告」。

　　一張廣告，從收到到印出，約略要經過下面這幾個階段：

一，登記：把廣告的標題摘要登記下來。

二，發稿：登記以後，經發稿者發給排字房。

三，整理與劃樣：先計算廣告數量（批數），分配給各版，使廣告與新聞能夠平均配合，並在不妨礙新聞地位的原則下，力求廣告拼排的美觀。

四，拼排：這是夜班的主要工作，補助日班之不足，督導工方拼排格式，並審查應登未登，或不應登而誤登了的廣告，直至各版大樣拼排竣工，工作才算完成。

## 排字：手代替了眼睛

　　將一個個的單字，拼成一段新聞，或一幅廣告，這就是排字的工作。排字分新聞、廣告兩組，廣告組於下午四時即開始工作，新聞組則須至晚上九時以後才開始。

在排字之前，先要派稿，用抽籤方法分配稿件。派稿的人先將稿件分為若干股，編定號碼，備有籤筒，排稿工友，分別抽籤，對號取稿。若稿件太長，超過了一股的行數，則將稿件分為兩段，短的稿件，則兩件合為一股。普通廣告和新聞稿件，都分三四次發排，在廣告擁擠的時候，則增加發排次數。第一次發排的新聞稿件，往往都是些零星稿件，因為這時重要的稿件尚未送到，所以數量也不多。第二次第三次抽籤，正是稿件擁擠的頂點，工作也最緊張。到工作快完的時候，稿件又少了 每股只有十行廿行，甚至抽得後一半號碼的人，會輪不到工作的。

派稿的時候，遇到稿中註有西文，另外檢出，交排西文的去排。標題用特號字體的，也另紙錄出，交澆字部檢取。「市價一覽」一欄，又多是扁體數字，分派工作不便，所以另行派人專司這項工作。

工友派得稿件後，隨即從字架上檢取鉛字，依次排好。排好的稿件，打小樣一份，送校對科核校，如有錯誤，或格式上不合，仍由原來排字工友改正。倘遇新聞稿件來得太遲的時候，必需立即趕排，工作是非常緊張。

排好的稿件，還要輕過一番修飾工作，叫做「刨角」。例如各欄插入四邊加線的小新聞，副刊中特種文章四圍的花邊，以及大小標題之加線加邊，都是刨角工作。四邊線條，必須銜接得不漏痕跡。鉛線須用刨刀刨平，然後可以天衣無縫。刨角的名詞，就是這樣來的。

最後是將許多排好的稿件，拼成報紙半面大小，稱

為拼版。先由廣告組將廣告地位拼好，然後送新聞組拼
排新聞。自版面革新以來，標題大小，新聞長短，更須
排得美觀，所以由各版主編親至排字部指揮，便利工作
不少。拼成的版子，再打大樣，送校對科復校，同時將
拼版的時間，記入表內，藉便稽考。

### 整理：最忠實的讀者

　　整理工作，簡單地說起來，就是使報紙不要有錯
誤。不單是改正了排錯的字就完了，一切文字上可能有
的筆誤、草錯，作整理工作的人都應該設法把它改正過
來。這件事情，你說它容易吧，確是容易；只要把校樣
依著原稿，逐字細校，責任就算完了。你要說它繁雜
吧，確是繁雜；因為整個報紙上所刊載的東西，內容非
常龐雜，包羅萬象，你要什麼都在行。像本報除了國內
外要聞版、國際版、本埠版、經濟版外，還有春秋、自
由談等副刊，以及各種特刊。在各版的編者，只要他對
於自己主編的一部門，所有各種問題都能了解，就可應
付裕如。但是新聞整理科同人，就非對各部門常識，都
能知道不可。因為本科對校樣是不分彼此、混合工作著
的，所以不光是對國內外政治經濟動態、中外要人的姓
名職位、國內外重要都市的地名方位，以及國內外最近
所發生的大事等等，需要熟悉得如數家珍，而且對於醫
學衛生常識、古今名人之遺聞軼事、科學知識等，也須
明瞭。否則，如遇原稿有錯誤之處，便無法代為更正，
也就失卻了「整理」兩字的真正意義了。

　　本報所用的是六號字，字體非常微細，而整理工作

的時間，則又必在晚上，如其工作者的目力不濟，就大成問題。尤其是我國的漢字，往往一點一撇之差，音義相去千里。這種類似的字，寫的人，容易大意；編的人，容易忽略；排的人，容易摸錯；校的人，容易滑過。作整理工作的人，是報紙最仔細的第一個讀者。

整理科工作時間，自晚上八時起，至翌晨三四時止。在這段時間內，工作有時清閑，有時緊張。大約在一時以後，校樣大批送來，是整理科工作最緊張的時間，既須顧到出版時間，又須認清字跡和文句，不能為了要爭取時間，就忽略了內容。所以整理科同人在一時以後，便得全神貫注、埋頭苦幹二三小時，這樣，一天的工作才算完成。並且為了表示責任起見，每個同人，還須在校樣上簽自己的名字，以便考查。

### 印刷：白紙上的黑字

關於印報工作，按照本館組織，是印務科的事。印務科分澆字、排字、製版、印報四大組，所以印紙只是印務科工作的一部門。

活體字排成的字版，不能直接在輪轉機上印刷，必須經過製版的手續。先將活字版打好紙版，然後澆成半圓形的鉛版，方能付印。紙版組工友接到活字版之後，先檢查版內銅版鋅版等有無與活體字高低不同之處，如有，須設法修正後，再打紙版，從凸體的鉛字上，壓出一張凹形的紙版來。

打成紙版，又須與大樣校對一遍，方交澆版組澆成鉛版。鉛版作半圓形，與印刷機上的滾桶，適相脗合。

鉛版每版澆成八塊，附張先澆，提前付印。澆成的鉛版，宜用鐵鑿修改，則印刷時不至模糊不清。

　　印報組接到鉛版後，即裝入印刷機，開機印報，現用司高脫印刷機兩部，自上午一時半起，先印附張，至四時左右，附張印畢，再換鉛版，趕印正張。在開印之初，由經驗豐富的技工二人，分別檢閱印出之報紙，是否清晰，然後繼續付印。約在上午六時左右，全部報紙均已印畢，交發行科分送。

## 發行：送出並不就了

　　發行是「一張報紙誕生史」的最後一個階段。新聞經過了多多少少人的共同努力，終於印成了白紙黑字，現在的問題，就是如何送到讀者的手中去了。這就是發行方面的工作。

　　發行方面的工作，有準備性的，也有經常性的。前者就是設法如何推廣，這，惟一的前提當然是在如何爭取讀者，抓住讀者，使得銷數增多。要達到了目的，方法當然是很多的，而且亦須隨機應變。不過在原則上，總不外乎下面的幾點：

第一，利用種種方法把我們報紙自己的優點僅量介紹出去，這就是所謂宣傳。宣傳意思並不是說誇張，而只是事實上加上雄辯，可以使人很快地看出我們的長處。

第二，要在可能範圍內儘量顧全讀者的利益，減低他們的負擔，並用儘快儘可靠的辦法送到他們的手裡。

第三，要注意敦促每一個經銷人運用靈活的經營，並設
　　法維持甚合理的利潤。

　　在發行的立場上，總要使每一個已有的讀者對報紙
發生親切的感情，並竭力設法獲取新的讀者。

　　至於經常的工作，就是如何迅速而可靠地把每日的
報紙送到讀者的手頭。發行科有遞送股，事司遞送分配
的工作；並有許多分館和分銷處，作為發行的中間站。
關於遞送的方法，在本埠，直接定戶是由報館所雇定的
報差九十一名分段送出的，每人所送的有一定的地段，
如此可使全市各區都可以一早就同時讀到本報。另外，
間接定戶則是由報館整批批給報販，再由報販分送定戶
或者零售。每天清晨，望平街頭本館門前，就擁著黑壓
壓地一大堆報販，從我們手裡領過報去，再轉到每個讀
者的手中。這是說本埠，至於外埠，我們利用了火車、
輪船、長途汽車、飛機，迅速送達每一個城鎮，使他
們當天上午或下午就都可以看到本報。由於迅速和週
到，我們在外埠，尤其是京滬杭沿線一帶，擁有大量
的讀者。

　　發行並不是把報紙送出手就完了，我們還有責任注
意報紙出去後是不是都很快，很確定地到達讀者手裡，
是不是有什麼地方需要更加改善。為了這些目標，發行
科還經常派人在外面作實際的視察與督導。

　　一張報紙，至此已到達了讀者的手裡，這是報館
四百多個工作人員和一兩百個外埠記者們所共同努力的
結晶。每天清晨，報紙剛送出漢口路三〇九號的大門
時，這一天的新的活動又已經在開始了。整年、整月、

整天、每一個鐘點、每一分鐘，申報是無時無刻不在活
動，前進著的。

## 六、征凡，〈上海各報本埠版比較〉，《申報館內通訊》，第一卷第三期，1947.3，頁 39-41。

　　報紙上的本埠新聞版，往往是各報編輯記者們鉤心鬥角的焦點。事實上，就新聞價值的定律上講，凡新聞發生地點與讀者距離愈近者，其價值性亦愈大，所以一般讀者最注意本市新聞。大焉者，如黃金風潮、武定路大火、中航機失事等新聞，當然一致注目外。次焉者，電影院漲價、南京路盜案、航政局女職員自殺等新聞，讀者也莫不關心。甚至街頭瑣聞，家庭糾紛，也極會引起讀者興味。一般市民，會娓娓敘述榮德生綁案的前前後後，卻從來懶得去管什麼「否決權」之類的問題。

　　所以，基於客觀的需要，報紙的本埠編輯和記者們也就不得不大動一下腦筋了。沒有一個記者不想能刺探到一二條獨出的新聞，沒有一個本埠編輯不想把自己的一版東西編得比人家好。這裡所謂「好」，既要「充實」，又要「正確」，更須「生動」！

　　本市十二家大型日報，十二家小型日報，五家晚報，他們的本埠新聞，由於來源不盡相同，採訪技術大有高下，編者烹調口味亦復各異，當然「出品」也好壞不一了。

　　我們先來看看幾家大報的情形。

　　就版面說，在報紙篇幅還未縮編前，有好幾張報紙都把本市新聞分成兩版（如本報），縮小篇幅後，各報大都改成一版，而採取精編方式。現在只有大公報、東南日報，與益世報，還保持著一版半以上的地位。各

報的新聞容量很有些軒輊，姑且拿本月六日的各報來
比較：

申報（三十五則）

大公報（三十五則）

新聞報（十六則）

中央日報（十九則）

文匯報（二十則）

前線日報（十九則）

東南日報（三十二則）

益世報（四十則）

中華時報（二十四則）

正言報（二十則）

和平日報（二十二則）

商報（二十二則）

　　本報的本市新聞，非常完備，但是也不像益世報那
樣地大大小小全一把抓。遇到驚人的大新聞，本報時常
不惜用極大篇幅來刊載，並插入銅版，以滿足讀者的慾
望，如武定路大火案、中航機失事、參議會質詢情形
等。一般小新聞，則盡量縮減字數，以節省篇幅，但也
不使遺漏一條。並且還時常有獨到的消息，對了，榮德
生綁案的破獲，便是本報第一個刊登的！

　　新聞報的本市新聞不很多。文匯報則立場左傾，當
然其內容與一般不同些，如梁仁達案和威大二子案的新
聞，特別被渲染。東南日報的本市新聞，時常有獨家消
息，編得也好。益世報大小新聞悉數網羅，但是讀來
頗感枯燥。大公報的本市新聞就很洗鍊，但是不大用銅

版，其餘各報，均無甚特色，平庸而已。

　　同是一件事情，報導常是頗不同。兩個多月前，本市宋公園刑場上槍決了四名盜犯，當時本市各報的記載竟然大不相同。有的記著：「四犯面無人色，一犯竟昏厥倒地。」有的記：「該四犯談笑自若，面不改色。」有的記：「四犯搖搖欲墜，兵士牽之而行。」有的記：「四犯呆若木雞，惟尚能鎮靜。」事實真相如何，反使讀者茫無頭緒，而且感到異常滑稽。這當然是由於各報記者的「見解」（？）不同。還有其他新聞，因為各報立揚不同，所以互相矛盾的也很多，譬如梁仁達死在誰手，中央日報和文匯報的紀載就天差地遠了。

　　本報本市新聞的編輯方針，由於歷史的傳統，向來是極謹嚴穩重的。記得不久前市警察局捉到了一名叫李俊的竊犯，據悉卻是「上海二小姐」的妹妹謝家驪的情人，新聞報和大公報都指名刊載，因為那位謝小姐曾經探過監。但是翌日，上海二小姐謝家驪卻登報否認。事實如何，且不去管它，但是那天申報的紀載，卻含糊得妙：「李犯羈監時，曾有一摩登女子名謝家驪者來探視，聞謝女則系出名門。」

　　採用插圖，可使版面活潑不少，本報的本埠版，平均每天總採用兩張以上，多時達五六張。新聞、東南、中央、正言等報也常用，其餘各報就難得利用了。

　　花絮之類的東西，很多報紙的本埠版在採用著，有的把情節較輕的社會新聞拼在一起，像文匯報的「社會相」，東南日報的「真實小小說」（現改稱「社會瑣聞」），中華時報的「上海廿四小時」。也有的純粹是

輕鬆的內容，像和平日報的「新聞菓盤」。此外，還有新民晚報的「上海點滴」等等，其內容大概都是「美國葡萄乾五百元一包」，「女子春裝上市了」之類。

本市五家晚報，本市新聞的內容大都非常貧乏，因此「放噱頭」已成為各晚報共同的特色。有時早晨大報中已經刊載過的新聞，還會拿來渲染一下應用，「警士開槍走火」之類的消息，也會用七行字做標題列入首條新聞。比較起來，新民晚報的本市新聞比較多些，而且他們的編者把外埠航訊也混在一起，因此更見多一些，新夜報新聞最少。

講到內容，聯合晚報是向站在民盟立場說話的，在它的本市新聞中，時常可以看到「暴行」、「民主」等類的字眼；新民晚報的編輯方針，據他們自己說，是「前進而左傾」；新夜報偏重黃色新聞。華美晚報愛開大炮，此次金潮案中，它便把官僚豪門罵得狗血噴頭。時事新報是最近才改了晚刊的，內容仍不見特色。

各晚報有著這樣一個習慣：把零零碎碎的新聞湊在一起，而加上兩句像章回體裁的標題，像「新兵思家割破睪丸，老軍無錢集團白食」，「莫秀英病逝梅花村，陳濟棠淚酒風雲地」等等，這風氣是新民晚報先開其例，各報紛起效尤。新民晚報時常有好標題，有一則男子失戀自殺的習見的社會新聞，編者加上「郎何薄命，卿心如鐵」的標題，把著名影片「卿何薄命」與「郎心如鐵」錯綜應用，匠心獨運，別開生面。

至於各小型報，則除了以工人為對象的立報，蘇商出版的時代日報，及專載金融消息的金融日報外，全是

海派作風。計有滬報、誠報、鐵報、羅賓漢、飛報、甦報、戲報，以及最近出版的天報、真報等種。它們所有的新聞，幾乎都是本埠新聞，其內容不是「兩個舞女爭風吃醋」，便是「水手大鬧鹹肉莊」，再不然便是「誰來做上海市長」之類的「內幕秘聞」，大部份完全是空穴來風，難得有一二條稍為有點「道理」。

這算不得本市各報本埠版的比較，只是拉拉雜雜寫一點，給外埠的同人參考參考罷了。

## 七、君默，〈早期本報的編排內容及其演變〉，《申報 館內通訊》，第一卷第十期，1947.10，頁 11-18。

　　這裡所謂「早期本報」，意思是指本報創刊（同治 十一年，即西曆一八七二年），到民國紀元（一九一二 年）這一段時期。這短短四十年間，申報從草創初期的 簡陋狀態，漸漸發展到了近代報紙的規模。當它創立 之時，中國的新聞事業還只在萌芽時代，申報因為沒有 什麼前人已走的路可以遵循，所以只好暗中摸索，一步 步走向近代報紙的道路。在那時候，一切新聞事業的條 件，——人才、機械、通訊技術，尤其是培養新聞事業 所必需的自由環境——統統都沒有。申報只好在這種種 困難下逐步奮鬥，拿定主意穩紮穩打。它進取而不浮 躁，沉著而不保守，經過了四十年間多多少少的血汗辛 勤，終於奠定了它日後的地位。我們今日重翻這四十年 間的申報，不但是看見了這一張報紙早期的發展，而 且，也可以說是看見了中國新聞事業從萌芽時期到成長 時期的一頁歷史。

### 現存最早的報紙

　　申報並不是最早的中文報紙。遜清嘉慶二十年（西 曆一八一五年）在麻六甲就有一種「察世俗每月統計 傳」的發行，它雖然是月刊，但無疑的是中國新聞紙的 雛形。即使以日報而論，那麼咸豐八年（西曆一八五八 年）在香港所出版的「中外新聞」，也要比申報早上十 多年。但是，在一八七二年以前所創刊的報紙，延綿不

斷，日新又新，至今日仍在出版的，則只有申報了。
申報不是中國史上最早的報紙，但是中國現存最早的
報紙。

為檢閱便利計，我們即以每年的九月二十日為例，
來看一看早期四十年間的申報，是怎麼樣的一種情形。
在最初，報紙只在星期一至星期六出版，星期日是不出
報的。那時候報館的主人是英人美查，所以照外國風
俗，星期日休假，本也是意中之事。但報上所登的通
告，卻說是「無輪船日不發」，意思就是指星期。在那
時候的報上，篇首有著這樣一個啟事：

「九月份除初五日，十二日，十九日，二十六日無
輪船日不發，餘每晨發一張，風雨無阻。」

### 八股影響的論說

用今日的目光，看當時的報紙，真是覺得簡陋極
了。我們即以第一年（一八七二）九月二十日的那天為
例，那天是第一百四十九號，小小一張報紙，最前面是
「本報告白」，曰：「凡有文壇惠贈無論鴻篇鉅製短咏
長吟本報即行留稿次第刊行以公同好概不取資」。

在這後面即是一篇論說文章。當時並無所謂「社
論」之名，而事實上，這些文字跟我們現在的所謂「社
論」在本質上也頗有不同之處。我們今日的所謂社論，
大都是報館對於某項時事所抱的見解意見，但當時的論
說文字，大概是因為八股文章的影響，常常只是在空題
目上做文章，有些像今日學校的課業作文之類。但同治
十一年（一八七二）九月二十日那天一篇論說，卻和當

時的某椿社會事件頗有關係，它的題目叫做「論煙館女堂倌」。「煙館」這個東西，就是吸鴉片的地方，這在今日已是不再存在，至少是不公開存在了，但在當時，讀書人誰不抽一兩口鴉片？烟館是個很時髦的去處，不下於今日的舞場。而且，煙館大約生意十分興隆，所以力謀改進，用了女堂倌作招持。那天的申報在這篇論說裡對烟館的雇用女堂倌大加攻擊，認為是「魚之餌也雉之媒也」，結果將「破人之家」，「敗人之俗」，所以「聊抒所見如此願以質當世之留心風化者」云。

　　鴉片是當時的一大問題，申報在這一年中的論說，好幾篇都曾提到鴉片。可見它在那時的中國社會上，是如何嚴重的一件事了。

### 議論的社會新聞

　　論說底下是社會新聞。那時不分「版」，新聞也並無標題，只是在上面摘出一個題目就完了。如七十五年前九月二十日的社會新聞，首兩條是「保全年少私竊二事」，和「蟻媒受責」。在每條新聞（應該說是每個故事）底下，都附於一長串的感想，自然總不外乎感歎人心澆薄，世風日下，勉人潔身行善之類，或者加上一些因果報應式的按語。這些新聞後面的感想和按語，有時會比新聞本身還要長。近代的新聞報導，都講究「客觀」，即純敘事實，避免本身意見的滲入。但在那時候，新聞和評論是並不分開的。說不定，那時候的編輯先生們選擇新聞刊登時，也是有意挑那些自己可以發揮發揮，加點批評上去的新聞的。

　　這些材料，說它是「新聞」實不甚恰當，因為實在已是很舊的舊聞了。甚至，有些新聞是連發生的日子也並不提起的。我們現在看報，一件綁案、謀殺案，或是車輛肇禍案，總先要看一看這件事是發生在什麼時候，普通都是「昨日下午……」或是「昨晚七時」之類，但在七十年前的時候，電報未曾設立，外埠所發生的事情固然絕不可能當天傳到上海，就是在上海本地所發生的新聞，也因為當時沒有什麼真正的「採訪網」，所以也很少有記載。它所刊登的一些社會新聞，常只是「某地有某人……」或者「聞友人言，某地……」之類，這些故事，也許發生在好幾日甚至好幾月以前，寫出來不過是供人作酒後茶餘的談助，並沒有什麼時間性的新聞價值。讀者讀它們，也就似讀「閱微草堂筆記」或者「夜雨秋燈錄」一樣的。

### 舊聞與新聞

　　同日的本報上，除上面說起的兩節故事外，還有抄錄香港「中外新聞」的兩則。「中外新聞」比申報早十多年，申報創辦之初，一切都是仿效「中外新聞」的。從「中外新聞」上抄來的新聞有許多是屬於國外的，英國、德國、或者別的國家都有。

　　輾轉抄襲，在時間性上說，當然都是舊聞了，但真正的「新聞」也並不是完全沒有。如那天即有著一件，標題曰：「大馬路馬車壓傷老翁」，說「昨日下午」，有一老翁在大馬路貿貿然走過，「將近盆湯弄口突遇馬車一乘風駛而至避之不及遂至衝倒輪軸轉過」（當時

報紙無標點），乃受傷。記者囑筆至此，於是又大發感慨，說：如此高年，何必恃腿力之健在外面走呢，即使不死，苦頭也吃得很夠了。

這個老頭子被馬車輾傷以後，有沒有不治致死？我們不知道，在後來的報上也查不到。想來那時即使未死，到七十五年後的今日，當然也只餘白骨一堆了。不過無論如何，我們從這條新聞看來，那時馬車肇禍的事情一定還不十分多。何以見得呢？因為記者說，老者一被撞倒以後，「登時人愈聚愈多幾如劇場之觀演如江口之看潮」，可見這種事情想必並不常有，因為如果司空見慣，則「狗咬人不是新聞」，大家也不致這樣大驚小怪，一窩蜂似地圍攏去看了。

告白、論說、新聞之後，是一大篇的京報。京報約略等於現在的國府命令，時人行蹤錄之類。此外則就是廣告，大部分是拍賣的廣告，還有丹桂茶園演戰太平連營寨、九樂園演八盤山穿珠記的戲目廣告。

在這一天的申報上，還有一則「工部局」告白：「本工部局已於蘇州河面離大橋之西數十步地方設立義渡一座以便往來過客不費分文坦然行走甚為簡便今已開渡」。

那時候的外白渡橋是要收「買路錢」的，工部局所造的不要錢的「義渡」，不知是不是就是現在的乍浦路橋址，得暇當詳為考證。

### 金榜題名時

這初創的第一年，就新聞取材上說，並沒有一定的

目標。前一天登載的某項本地新聞,尚在發展中的,第二天起常並不再見,使人有見頭不見尾之歎。報紙之所注意的,似乎只在一篇論說和那一大篇的京報。而且,這些京報從新聞的觀點上說也是價值極少的,譬如同治十二年(一八七三)九月廿一日所登的乃是八月廿六日的京報,事隔已將一月了。新聞傳遞既如此之慢,要從報上得新鮮的消息自然是不可能的了。但有一件事情,似乎是報紙所十分重視,而且全力以赴的,那就是鄉試榜的揭曉。

報紙在當時是只有一些士人在看的,而士人所最關心的,當然是功名。所謂十年寒窗一舉成名,一個讀書人吃得苦中苦,所為者就是希望有此一日,金榜題名榮宗耀祖。到那時候名也有了,利也有了,親戚朋友們也都刮目相看了。報紙對於鄉試榜的揭曉,最最重視,不惜用大量人力,飛速傳遞消息。上面說過,京報從北京傳到上海,常需時二十天左右,而鄉試榜常只五、六天就可以傳至上海。光緒五年九月二十日申報上就登載著這樣一條啟事:

「順天鄉試於九月十五日揭曉本館預託友人在京將全錄飛遞至津星夜由輪舶寄滬果於十九日下午即行接到知共取中二百八十名惟第二百六十九名竟漫漶不可辨識姑付厥如其中或有錯誤處俟接到官板題名錄再行補正閱者鑒之本館附識」。

北京九月十五日的消息,上海能於二十日見報,在電報尚未應用的當時,可說是最迅速的新聞傳遞了。

## 新聞質量的改變

　　到光緒初年，在新聞內容上已經和同治年間有了很大的不同。主要的是下面幾點：第一，是新聞量的增加。在初時，除告白、論說、京報、及廣告以外，新聞平均不過八、九件左右。但至光緒五、六年間，新聞量已增加至十六、七件左右。第二，是新聞取材的漸趨廣泛。不但是本埠發生的新聞大量增加，如「上海各領事會商事宜」、「工部局擬闢新路」、「車夫自刎」、「茶房姦婢」等等；即外埠新聞，也較前為注意，每日經常有三四件鄰近各省縣的新聞，如「錢江添設戰船」、「揚州乩仙靈異」、「蘇州周王神誕」、「江西火警頻誌」等等。同時，國外的時事新聞亦於此時列入，如光緒六年九月二十日，有「俄使返斾續聞」，「日本風災續誌」，「西班牙議設招商分局」等等。在地域上，已有今日全國性報紙新聞報導的雛形。第三，新聞記載之後已不再加上編者自己的感想，這是編輯上的一個大進步。早先，幾乎每條新聞後面，編者（或記者）都必拖上一個感想的尾巴，但到光緒初年，這種情形已經極少見，而在新聞記敘的態度上，也已比較客觀得多了。

## 本埠新聞增加

　　早期申報的社評（其時稱為論說），大都是與當日或當時的時事並沒有什麼關係的；但漸漸地，到光緒十年前後，論說和新聞的關係日趨緊密，論說已不單是「做文章」，而是代表著報社對於某項事情的見解了。

那時候，新聞採擇也已有了相當的定型。它的排列，大概最先是國外方面的新聞，其次是國內各地的新聞，最後才是本埠新聞。本埠新聞的數量並不甚多。很有趣的，報紙愈到近代，卻愈注意近在咫尺所發生的新聞。最早的時候，對於本埠的新聞是並不甚注意的。

那時候的報紙，比起現在來，雖然在內容上是貧乏得多了，但舉凡國內要聞、國外新聞、各地通訊、本埠新聞、經濟文化消息等等，雖然是一盆雜碎，排在一堆，並不分版，但多少皆已具備雛形了。只有副刊，它的成長似乎最慢。遠在同治十一年，申報初創立之時，即曾載有「本報告白」，如上面所引過的：

「凡有文壇惠贈無論鴻篇鉅製短咏長吟本館即行留稿次第刊行以公同好概不取費」。

這就很像現在報紙的副刊徵稿啟事了，但所不同的，現在副刊徵稿都聲明「略致薄酬」，而那時則並無「薄酬」，不過說「可以不收你的廣告費」罷了。

雖然如此，投稿的人似乎並不多，因為我們遍翻自同治十一年至光緒七年間的報紙，都極少發現有這種詩詞文章的登載。一直到光緒八年（一八八二）十月以後，才經常見有類似副刊的文字──不單是詩詞，有時也包括投書和較為輕鬆的文章。

### 注意地方通訊

申報之注意各地通訊報導，本是數十年來的一貫作風。即在光緒十一二年間，於國內各重要地區已大都置有訪員。在那時候的申報上，也時有徵求各地訪員的告

白。初創刊時的各地新聞，不過是聊備一格，數量不多，但至光緒十年前後，通訊已完備得多。如光緒十二年九月二十日，關於福州方面的新聞，有「閩垣碎錦」五件，關於蘇州方面的新聞，有「蘇城小誌」三件。大概發行網所及的地方，都時常見有通訊的報導。就發行網來說，初出版之時，只在上海本埠發賣，漸次在北京杭州等地也有代售，到光緒十三年（一八八七），申報代售處已遍及全國，計有：北京、天津、保定、營口、烟台、南京、武昌、漢口、九江、廣州、安慶、揚州、清江、吉安、蘇州、常州、嘉安、杭州、鎮江、福州、嘉興、廈門、寧波、溫州、重慶、長沙、濟南等地，可謂全國無論東西南北，皆可見申報的踪跡了。

　　新聞量也已較光緒初年時大大增加了，但那些詩意的、在今日看來有點酸溜溜的題目，則仍在用著。如「白門近事」、「潯陽楓荻」、「選樓清話」、「皖山寒色」等等，用來代表一個地方的新聞。從今日新聞學的觀點說起來，這些標題自然是一點也不足取。現在我們做標題講究三個條件，一要概括事實，二要吸引注意，三要貼切不偏。這三點，這種詩意的標題是一樣也沒有做到的，不過那時的讀者，恐怕還是很欣賞這些雅氣的標題的。這些標題不但雅，而且還講究對仗，兩條毫不相關的新聞，因為排在一塊，就得給它們安上兩個對仗頗工的標題，如「京華客述」、「營口叢談」，「癡婢枉死」、「監犯輕生」等等。這當然是受著當時八股文字和舊詩詞賦的影響的。

**廣告編排**

　　廣告方面，光緒中葉時的申報和初創之時也有一個顯著的不同，就是商業性廣告的大量增加，和廣告編排上的進步。在同治年間，廣告中似乎只有印書、蔘燕、戒烟藥丸、白鴿票等幾種。到光緒中葉，一般的商業廣告才大量增加，這一方面看出了上海商業的漸次繁榮，一方面也可看出報紙已漸漸得到了人們的信任。而在廣告的內容上，也有了大的進步。從前的廣告，只是呆呆板板的幾行字，難於引起人的注意；此時則用大小不同的字體，大量使用插圖，以吸引讀者注意。

　　報紙在這種情形下慢慢演變慢慢進步，到光緒末葉，才發展到了今日報紙的規模和形式。光緒三十三、四年及宣統一、二年間，申報這張報紙，在各方面已和現在十分相似，篇幅也已由一張、二張而發展到了三張。

　　廣告，過去只有商業廣告，此時則人事廣告亦大量增加。廣告分刊各版，一似今日情形。

　　新聞編排上，第一、已廢棄那種風雅的詩意標題，實事求是地摘出新聞的重要內容。標題字號，亦較正文為大，可以顯著不少。第二、要聞電報，字號大小不一，使重要的消息和文句更能引起注意。


**新聞內容一班**

　　新聞內容方面，自然更完備得多了。

　　第一張，包括上諭、宮門抄、論說、專電、緊要新聞，和淞滬要聞。上諭、官門抄和論說在早時便有了。

至於專電，北京十九日發的電報二十日即已見報，新聞傳遞的迅速，已和現在的情形差不多了。緊要新聞常有十多件，而且每件都很詳細。淞滬新聞大部是記載本埠政界方面的消息。

第二張，包括要件和分類新聞，偶而也有一二則短短的時評。要件大抵是指法令或奏議之類；至於分類新聞，則分政界、交涉、軍界、學務、實業、雜誌等項，略似今日的國內版、教育版，和經濟版等等。

第三張，包括國外新聞、本埠新聞、各業行情表、訟案、來件，和小說。本埠新聞並分為城內、南市、閘北、英租界、美租界等區，竟比現在的任何報紙分類都詳細。所謂「小說」，情形略似今日的副刊，並不每篇都是小說，也有小品雜文詩詞。

不但有文字，而且漫畫也有了。漫畫畫得很大，大都是譏嘲時政的，是一種時事諷刺畫。

第二張上的短評，雖然常只寥寥一二百字，但言簡意深，十分值得我們警惕。試看宣統三年九月二十二日的一節短評，云：

「民窮不足憂。所憂者因民窮而民離。外患不足慮。所慮者因外患而民變。故今日之經濟恐慌也。交涉棘手也。均不足為大患。若夫庫倫喇嘛之羣情外向勾通某國暴動一事。斯真國家之大患也。政府其注意於此。」

這是三十六年前的舊話了，但我們今日西望蒙古新疆，看著那一片險惡的陰霾，覺得這幾句話，即使是在三十六年後的今日，也仍然是暮鼓晨鐘。

## 八、〈編輯會議記錄〉，《申報館內通訊》，第二卷 第一期，1948.1，頁 7-16。

### 第一次會議

日　　期：三十七年一月十二日下午三時

地　　點：本館會議室

出席者：陳訓畬　趙君豪　卜少夫　王啟煦　童煦庵

　　　　王德馨　顧芷庵　鄒幕農　濮九峯　張一渠

　　　　孫恩霖　沈鎮潮　周班侯　王進珊　吳嘉棠

　　　　章繩治　戴再士　蔡正華　嚴　晉　黃寄萍

　　　　馮潙舫　吳時俊

參加者：經理部　王顯廷　莊克明　謝　宏　顧叔奇

　　　　　　　　屠金曾

　　　　言論部　葉秋原　儲玉坤

主　　席：陳訓畬

紀　　錄：張佐溪　嚴　晉　桑　濬

### 甲、報告事項

一、主席致詞

　　值此年度開始，我們要對過去工作作一檢討，俾作今後工作展開的準繩，爰特召開編輯會議，除由編輯部各單位出席外，並請經理部王顯廷、莊克明、謝宏、顧叔奇、言論部葉秋原、儲玉坤、馮都良諸位先生共同參加。希望大家根據過去經驗，對自己工作有無困難，分別報告，以求改進。現在已收到提案十件，擬先分組審查，然後再提會討論。

　　上次外埠採訪工作檢討會議中，社長曾提出申報當前的危機，特別強調申報是文化兼商業報紙，因受種種限制，缺點很多，亟待改進。各報版面都有特色，申報特色在那裡，很難肯定答復。本報人事，無論在何方面，均可和人家比較，但因聯絡未臻盡善，不能充分發揮效能。報紙是集體的機動性產物，為了聯繫不好，人與事不能配合適宜，因此在版面上有許多地方，還沒有做到人盡其力的地步。

　　本人鑒於過去人事上缺點，不能對每一件事共同負責，特提出第四提案，建議把編輯部原有人員重行分配，劃分為六大組，以期事權統一，得以發揮最高工作效能。這是創舉，究竟利弊得失如何，須經實驗後方能斷定。這種分組辦法，每組等於一個作戰單位，每一單位如何配備，等於軍隊中的師團如何配備一樣。至於究竟如何實施，方能達到理想境界，還得請大家討論。

　　關於縮張問題，報業公會未曾討論過。行政院方面曾有修正擬議，並有訓令發交市府，市府復將該案交節約督導委員會辦理。因各報意見尚未一致，因此擱下，刻正向中央請示中。訓令內容為三張以上者縮為二張半，二張半者縮為二張，一張半者縮為一張。一般意見，對二張者不縮減，認為不公平。現由社會局約集各報作一商討，預料不久當有結果。但無論如何，本報由二張半縮為二張，殆不可免，因此提出縮張問題：（一）如何應付縮張後版面改進問題，（二）如何應付縮張後節約問題。以上兩問題，實為此次會議討論主題，希望大家儘量發表高見。

二、卜副總編輯報告

　　個人感覺，復刊二年來的工作情形，以第一年較緊張，那時腦中所整日盤旋的，就是一個問題：即如何能使本報出類拔萃，在新聞上鰲頭獨占。那一年中，於新聞方面及版面方面，雖然尚未達到預期的美滿目標，但成績的確頗好。至第二年，即去年，則工作情緒上可說是一個低潮。這個原因，我想是兩方面的：一方面是感覺其時已規模粗具，一切皆上軌道，不免鬆懈，另一方面是要向上的心太強了，太久必有一低潮出現。另外還有一個原因，就是配合問題的不夠。總之，我感覺我們在工作情緒上，去年確似不及前年。我們在今年，務必要恢復過去的努力精神，檢討配合上的不夠，使我們能夠繼續進步。

　　此次會議中所要討論到的問題，可以分為三個方面：一是檢討缺點與鬆懈的地方；二是如何來設法改正這種缺點；三是如何求取發展。

　　這是個人所想到的一點意見，至於工作方面，此處不再報告。


三、王副總編輯報告

　　兩年來本人有一種堅強的自信，即編輯部各同人能力與經驗，允稱本市一時之選。他如感情融洽，合作無間，毫不猜忌，均為本報一大特點。目前本報雖遭遇紙張節約的嚴重難關，但憑過去之特點及自信力，定可將此種難關克服。

　　嗣宣讀去年十二月卅一日及本年一月二日外埠採訪

人員工作檢討會議記錄。並報告：此種記錄，即將編
印，分送外埠工作人員。去年對外埠工作人員發覺之缺
點，今年當儘量補救，惟仍希望內部同人，更與外部工
作人員密切合作。

四、趙副總編輯報告

　　我曾經說過，我們三個副總編輯好像三個「臭皮
匠」，只是兩年以來，沒有特殊成績，很覺慚愧。相信
經過此次會議以後，當有一番振作。編輯部猶之參謀本
部，應負調度指揮全責。

　　現在把我對於一年來工作的感想說一說：

（一）工作聯繫和運用方面，應當更求靈活。過去工作
　　　有案牘勞形之感，以後應該分開管理，把經理
　　　部事情劃分開來。各部主管人員，對工作如有
　　　意見，希望隨時用書面提出，以便轉呈總編輯
　　　核定。又交辦事項，請勿擱置，以免延誤。

（二）新聞方針方面，希望創立申報作風，放寬新聞
　　　尺度，當可予讀者以良好印象。對外埠工作人
　　　員，應常加指導，促其注意此點。

（三）過去常因廣告擁擠而縮小各版版面，或停出副
　　　刊，此事影響讀者心理頗鉅，應設法避免，希
　　　望經理部加以注意。

　　人事方面，希望大家能準時簽到，簽到以後，勿離
開職務。各部門工作日記，頗有例行公事之嫌，今後最
好能據實報告，發揮本身工作情況。

## 乙、意見

同人各有意見發表，詞長不備錄，略見下項（丙）主席綜合報告。

## 丙、主席綜合報告

各位意見發表得很多，歸納起來，大概有下列數點：

一、各版版面地位太小問題，已有提案提出。

二、寫作技術問題，希望章繩治兄作成具體提案。

三、社會新聞，應擴大採訪範圍。

四、文化學術團體，應多取得聯絡。

五、各版錯字問題，已有提案提出。

六、稿費可以提前結算。

七、國際版不久有赫爾譯文登載，不需要湊版稿件。

八、分發稿件手續，可設法改進。

九、休息問題，可在分組制提案中合併討論。

十、周刊問題，再加考慮。

十一、鑄版部應即恢復。

現在擬分四組審查提案，各組審查人如左：

第一組審查提案第一、第五及第六件：卜少夫（召集人）、王德馨、童煦庵、濮九峯、顧芷庵、鄒慕農、吳時俊、謝宏、莊克明。

第二組審查提案第二件：王啟煦（召集人）、周班侯、王進珊、張一渠、童煦庵、孫恩霖、顧芷庵、言論部。

第三組審查提案第三及第九件：趙君豪（召集人）、童煦庵、王德馨、沈永、鄒慕農、梁酉廷、吳嘉

棠、戴再士、張佐溪。

　　第四組審查提案第七件：張一渠（召集人）、沈鎮潮、黃寄萍、馮溈舫、吳嘉棠或章繩治。


## 丁、散會


## 第二次會議

日　　期：三十七年一月十四日下午三時

地　　點：本館會議室

出席者：陳訓畬　趙君豪　卜少夫　王啟煦　童煦庵
　　　　王德馨　顧芷庵　鄒慕農　濮九峯　張一渠
　　　　孫恩霖　沈鎮潮　周班侯　王進珊　鄧樹勳
　　　　吳嘉棠　章繩治　戴再士　蔡正華　嚴　晉
　　　　黃寄萍　馮溈舫　吳時俊

參加者：言論部　儲玉坤
　　　　經理部　王顯廷　謝　宏　顧叔奇　趙克明
　　　　　　　　屠金曾

主席：陳訓畬

紀錄：張佐溪　嚴　晉


## 甲、主席報告

　　上次會議，各位已有很多意見發表，所有提案，亦經分組審查，今天開始討論提案。現在先請各組召集人報告審查結果。

## 乙、提案審查報告

一、王啟煦報告審查第二提案結果。

二、趙君豪報告審查第三及第九提案結果。

三、卜少夫報告審查第一、第五、及第六提案結果。

四、張一渠報告審查第七提案結果。

## 丙、討論事項

一、總編輯室提：本報對縮張問題應如何預作準備，
　　並予實施案。

決議：

（一）關於版面調整如左：

　　　　第一版，國內電訊：改縮為二張後，將第一二
　　　　　　　　版予以合併，第一版專刊各地電訊及
　　　　　　　　其他重要新聞。

　　　　第二版，各地通訊：地方性電訊，移刊第二
　　　　　　　　版，惟求內容使與第一版相調協計，
　　　　　　　　今後應力求質之提高，各地特稿制應
　　　　　　　　予恢復。評論仍刊第二版，字體將四
　　　　　　　　號字或新五號字改為一律六號字，字
　　　　　　　　數最好以一千五百字為標準，以資節
　　　　　　　　省地位。

　　　　第三版，國際新聞：目前國際新聞地位太小，
　　　　　　　　今後應予確定，俾資充分發揮。

　　　　第四版，本市新聞：地位照舊，新聞方面應再
　　　　　　　　予加強，俾得保持「首座」地位。

　　　　第五版，經濟新聞：近來全國物價動盪至烈，

　　　　　本報經濟新聞來源自經開闢後，材料
　　　　已較前增添不少，惟以地位關係，每
　　　　致無法容納，今後此種缺陷必須彌
　　　　補，方得與他報相競爭。

　　第六版，教育及體育：教育與體育，目前為本報
　　　　較弱之一環，今後採訪編排均應加強。

　　第七版，七種週刊。

　　第八版，自由談。

（二）關於編排方面：

　　（1）今後各版標題，應予縮小，除第一版第一
　　　　條仍照舊外，其他各版標題，再行議定詳
　　　　細辦法，以期多多容納新聞。

　　（2）應採取精編主義，實行重寫及彙編辦法。

　　（3）延長經濟新聞及教育新聞之截稿時間為午
　　　　夜一時，俾所有新聞均得編入，以免割
　　　　裂、零亂、遺漏、及重複之弊。

　　（4）分別通知各地記者提早發電，以免午夜稿
　　　　件擁塞。

（三）與經理部有關事項：

　　（1）確定廣告及新聞量之總比例，為百分之
　　　　五十五與百分之四十五。

　　（2）第一版規定二批廣告，其他各版照舊例
　　　　辦理。

　　（3）廣告性特刊應先徵得編輯部同意，所有稿
　　　　件須經編輯部審核。

　　（4）請發行科提供各地發行動態，俾各地採訪

　　　　　　工作，得以配合，爭取讀者。

　　　（5）請經理部添製七號字，四五號黑體字，及
　　　　　　申報訊商標字等字體，俾作經濟新聞商情
　　　　　　表及標題之用。

　　　（6）請購闊尺寸紙張，以維持六十八吋為標準。

（四）關於人事之調配問題：

　　　保留。


二、王啟煦提：本報為求盡言責，提高地位，推廣銷
　　路，對於編輯方針，應否放寬並修正案。

決議：

（1）本報應本民營報紙之一貫作風，與讀者相見。

（2）在遵奉戡亂國策下，對實際局勢，可作事實報道。

（3）對於目前中央及地方政治設施之影暗面，可作建
　　　設性之報道。

（4）本報對工商業及經濟新聞，應擴大地位，多予刊
　　　載，以爭取工商界讀者。

（5）對文化教育體育學術有關新聞，應加強刊載。

（6）本報對於社會新聞，應在不妨害風化原則下，酌
　　　予擴大。

（7）本報今後對於國際新聞，應予以充實。

（8）本報副刊，以發揚民族正氣，介紹學術文化，改
　　　善社會風氣為目標。

（9）如篇幅許可，得增加讀者投書一欄。

三、總編輯室提：本報為欲加強今後新聞採訪工作，應
　　如何使館內外工作人員取得聯繫案。

決議：

（1）每週編印「申報工作通訊」一次，分發各地採訪
　　　工作人員，內容包括工作指示，工作檢討，大局
　　　分析，以及一般通告。由總編輯室指定人員負責
　　　編輯，各部份有關人員提供資料，資料室校發，
　　　印務科承印。

（2）各地特派員特派記者，除經常報道新聞外，應將
　　　各該地區軍政經濟社會文化等情勢作綜合報道，
　　　每月一次，以供編輯部之參考。此外，平時寄發
　　　之參考訊，仍照舊例寄發。

（3）遇有特殊事件發生，各地採訪工作人員，認為有
　　　須取得新聞上聯繫之必要時，應用急電隨時報告
　　　總館，以便預作必要佈置，並得酌視情形，通知
　　　有關各地。

（4）各地採訪人員拍來之新聞電，為便利編輯人員採
　　　用起見，得於電文前冠以「特」「通」「託」字
　　　樣，以示「特有」「通有」及「託登」之意，但
　　　必須慎重使用。此外新聞稿件如有時間性，或與
　　　他報有競爭關係，亦得酌量用括弧附加說明，俾
　　　編者知所抉擇。

（5）編印外埠採訪工作人員之通訊錄，（包括照片、
　　　年齡、籍貫、性別、職份、住址、電話、電報掛
　　　號等），分發各地，以便各地工作人員間亦能取
　　　得橫的聯繫。

（6）為加強館內外工作聯繫計，編輯部應隨時派員分赴各地，與採訪工作人員取得聯繫，以期明瞭雙方之需要，派遣時應儘量派遣實際負責編輯工作人員前往。

（7）各版編輯應將不能刊登之本報電訊及通訊稿，批註原因，逐日送總編輯室，以便致函各有關單位，設法改善。

（8）各報編輯披閱新聞稿件時，遇有可供作為新聞線索者，及稿件中有錯誤應改正之點，應即通知總編輯室，俾得轉為通知。

（9）為加強館內外工作人員間之聯繫，預定每年舉行工作檢討會議一次，如遇有重要事件或適當機會時，得臨時召集之。

四、總編輯室提：各版版面及編輯工作，應如何加強案。

決議：

關於版面方面：

（1）本報各版之編排及製作標題，除第一版外，其他各版在精編原則下，力求生動活潑。

（2）今後各版應多刊用新聞圖片，以期調劑版面之美觀。

（3）「本報南京一日電」、「本報訊」、及「本報記者」，應改為第三人稱之「申報南京一日電」、「申報訊」及「申報記者」字樣。（申報兩字用商標字）

（4）刊稿應採用段落分排制度。

（以上「三」「四」兩項，俟重寫彙編制實行時，再行採用。）

（5）本報所刊新聞及標題，應採用通俗文字。

（6）第一版儘可能採用混合編輯制，但以不影響其他各版版面為原則。

關於工作加強方面：

（1）加強採訪室之探訪工作，

（2）規定各人之辦公時間，

（3）勵行分季考績制度，

（4）逐漸實行重寫彙編制度，

（5）指定人員辦理各報新聞比較，

（6）請各版主編及編輯每日記寫工作日記，

（7）按月考核外埠採訪人員之工作勤惰，由各版主編隨時提供意見，

（8）重新整理國內外新聞網之陣容。

五、新聞整理科吳時俊提：請總編輯室指派專人負責，審閱已出版報紙上之錯誤字句，逐日登記，俾便考核案。

決議：

（1）原提案通過，每日由各版主編交換審閱，於工作開始時，將審閱結果，送總編輯室彙集登記，以便追究責任。

茲將各版審查人選決定于左：

第一版　濮九峯

　　　第二版　鄒慕農

　　　第三版　童煦庵

　　　第四版　周班侯

　　　第五版　顧芷庵

　　　第六版　王進珊

　　　第七版　曹文海

　　　第八版及七種週刊　張一渠

　　　第九版　孫恩霖

（2）關於排字房方面如何改進效率，減少錯誤，由整理科、印務科，約集幹事會會同商討。


六、張一渠提：本報應舉辦教育文化經濟等問題座談會。

決議：

（1）座談會暫分左列二種：

　　（甲）分組座談會：各就其性質，分作若干小組，邀請各該組專家，分別舉行座談會。

　　（乙）專題座談會：就當前教育文化經濟等方面重要問題，邀請有關之教育文化經濟機關首長及社會有名人士，舉行座談會。

（2）座談會之地點，視邀請人數之多寡，臨時決定。

（3）分組座談會，每月舉行一次，由社長總編輯主持，以照鄭重。專題座談會，不先規定會期，亦由社長總編輯主持舉行。

（4）每次座談會酌備茶點，以示招待盛意。

（5）座談會之記錄，儘先在本報刊登。

七、蔡正華、嚴晉提：請各科室同人，每月撰寫各該部
　　門工作狀況，業務探討，及人物動態等等文字及消
　　息，送「館內通訊」刊登，俾外埠工作同人，得隨
　　時明瞭館內概況，加強聯繫。

決議：由資料室通告同人協助辦理。

八、童熙庵、王德馨、戴再士提：對於本報將來縮減篇
　　幅後電訊簡化問題，擬具書面意見，爰就節省財
　　力、人力，及不減內容各方面，臚陳數點，敬候
　　公決。

決議：保留。

九、總編輯室提：編輯部與言論部、經理部，如何尋求
　　密切聯繫，以求業務發展案。

決議：保留。

**丁、臨時動議**

　　本報為博採民間對於各項問題之意見，藉供參考，
應否舉辦民意測驗案。

決議：

　　推定黃寄萍、馮潙舫、吳嘉棠、卜少夫、周班侯、
嚴晉、王顯廷七人，先行擬具辦法，再行核辦，並推卜
少夫為召集人。

**戊、社長訓詞**

　　此次會議提出不少提案，都經過縝密的討論，應該

實行的就得趕快實行。我們此時應特別努力，否則就要退步。我們眼看別家報紙都在力爭上游，所以編輯部同人和外埠工作人員，都應該加倍努力，急起直追。除了已經提出的座談會和民意測驗外，我覺得還有幾件事情可做：（一）採訪室和資料室可把各大學系主任，或重要科目教授的姓名、略歷等，加以調查並記錄；（二）工商界及金融界負責人的姓名、略歷、住址、以及辦事處電話，以及警察局派出所的地址、電話、以及人事有何調動等情，都應有詳確的調查，編印成冊，供各版編輯參考。這樣一旦發生事情，就可用電話通知或查詢。這種準備工作，是一定要做的。

關於充實本報版面，除各版外勤記者外，主編人可幫同訪問有地位的聞人，就某一問題，預先擬好幾個要點，請他發表意見，把他的談話登出來，一定會受讀者歡迎的。我們要多登別家報紙所沒有的新聞或特寫。譬如經濟版對於物價問題，可訪問經濟專家，把他的意見寫好登出來。本埠版應注意社會問題，可請社會問題專家發表意見，在報上刊登出來。他報對外宣傳工作做得很多，例如辦理捐款在報上披露，組織籃球隊到外埠去表演等等，花樣很多。同人對此應有警覺，不能讓人家跑向前去，自己卻退落下來。

常聽得人說本報錯字很多，這對於讀者有很壞的印象，不但整理科要注意，同時要請排字房注意排字技巧。申報印刷很好，不過有時略嫌模糊，如果發現，一定要剔出，否則一天有幾百份模糊的報紙發出，勢必引起讀者不良印象。編輯部與排印部份息息相關，希望編

輯部與排字房及印務科隨時取得密切聯繫。其餘的話，
已在外埠工作檢討會議中報告過，恕不再說。


**己、散會**

## 九、〈外埠新聞工作檢討會議〉,《申報館內通訊》,

### 第二卷第一期,1948.1,頁 17-29。

　　三十六年歲尾,滬上初雪過後,天寒料峭之際,本報若干地區的特派員,利用三日假期,齊來滬上述職,編輯部乃乘此機會臨時決定召開一「外埠新聞工作檢討會議」,就外埠採訪通訊工作、內外聯繫、新聞方針與目標等問題交換意見,澈底檢討,謀取改進。會議共舉行三次,除來滬的各特派員外,編輯部有關各版編輯,各有關科室負責人,及經理部有關部門負責人等皆出席,計有:陳總編輯、副總編輯趙君豪、卜少夫、王啟煦、經理王顯廷、各版編輯童煦庵、王德馨、梁酉廷、沈永、鄒慕農、資料室蔡正華、嚴晉、採訪室吳嘉棠、章繩治、電訊科戴再士、發行科莊克明、南京特派員劉問渠、記者張明、北平特派員張劍梅、杭州特派員儲裕生、濟南特派員范式之、青島特派員邵慎之、福州特派記者陳正予、長春記者鍾鶴年等二十餘人,潘社長亦蒞臨致訓詞。一月二日第二次大會完畢後,總館邀請全體出席人員於老正興菜館午餐。次日陳總編輯並於私邸邀全體出席人員敘談,盡歡而散。

　　以下即為三次會議中之報告及決議案,其已在「申報工作通訊第一期」中發表者,此處不再贅述。所有決議案,並已分別提出其後舉行之「編輯會議」大會討論補充並通過後,付諸實施。「編輯會議」的舉行經過及決議案,將另文報導。此處所載的各出席人員報告辭大要,因時間關係,皆未經原報告人寓目,如略有出入,

當由本刊負責。又報告辭中有小一部分涉及業務機密，
不便發表者，皆已由編者刪去，併此聲明。

## 第一次會議

　　第一次會議，除陳總編輯致開會辭及潘社長致訓
外，餘即為各特派員之工作報告。會議自下午三時開
始，八時一刻完畢。

日期：三十六年十二月卅一日

地點：本報會議室

**陳總編輯：**

　　此次為了謀取館內館外工作的更密切配合與聯繫起
見，特乘若干地區特派員來館之便，臨時決定召開「外
埠新聞工作檢討會議」。申報在國內外通訊網一共有
一百五十餘單位，今天到會的雖只有七個單位，但是已
經包括了國內大部分重要的地區。

　　我們在這次會議中，想聽聽各位記者對工作上的心
得，及對報館的希望。各版編輯，和採訪室、資料室、
電訊科各部門負責人，都參加這次會議。此外，經理部
王顯廷先生和莊克明先生，也可以解答各位在發行業務
上的種種問題。

　　申報今年已是七十五週年。在目前尚在出版的報紙
中，以歷史講，全中國是第一位。不過上海的社會經濟
變動劇烈，新聞事業的競爭也是非常激烈，申報單靠歷
史悠久這一點，是不足以從事競爭的。我們復刊二年多
來，同人因了解尊重報館過去光榮的歷史，因此總是戰

戰兢兢，克盡厥職。在業務上，申報在全中國站在第二位，比新聞報略遜一籌。新聞報讀者以商界為多，而申報讀者，則偏重文化教育界。這些讀者，在社會上都有領導作用，申報在政治上及社會上的影響，是直接滲入領導層的。因此，從政治社會上的影響看來，我們的報紙可說在全中國佔到首位，還並非過甚之辭。

唯其如此，我們必須更要加強吸收新聞、發揮我們的力量，來達成使命。

我們現在所要研究的問題，是如何在版面上編排得盡善盡美，如何在新聞上充實加強，以及如何在發行上爭取廣大的讀者。記者是報館的耳目，而且各位記者在各地代表報館與各界接觸，一言一動，都受外界重視，所以應該特別審慎努力。各位嚴肅的工作精神，能使在每個地方都站在領導地位，不僅使我個人感覺異常欣慰，而且也是我們整個報紙的光榮。

關於這次會議的主要目的，第一，是要請外埠的記者們報告工作情形，以及對於報館的建議與希望；第二，是根據這些報告和建議，來研究如何使報紙更加盡善盡美。經館內外同人互相交換意見之後，作一結論，來作為三十七年度工作方針的參考。

在座各位，請毫無拘束，毫無保留地各就所見，陳述應興應革事宜，俾長處得以發揚，短處設法改正。現在，即以各位來館報到的先後，一一報告。

陳正予：

福建在沿海各省中，是一個經濟上比較落後的省

份，工業、商業、農業都不很發達。由於福建的經濟落後，因此財政上顯得非常窘迫困難，主要的還是靠著僑匯及當地土產二宗收入來維持。福建省當局因財政關係，不可能從事大規模的建設工作；同時，福建沒有共匪之患，因此也沒有破壞，一切都顯得沉寂而冷落。

在這樣的無破壞無建設的環境下，在新聞的採訪工作上，實在覺得材料缺乏。大的新聞，在福州根本可以說沒有；小的新聞，卻又似乎太零星，不必重視。所以我把目光移轉到海外華僑身上去。中國有一千多萬的華僑，居住在海外經營事業，在南洋方面佔著極大的勢力。而這些僑胞中，據調查，以福建人勢力最為雄厚。我們如果能夠爭取南洋僑胞的讀者，對申報實有很大的利益。我在福州擔任採訪工作，正好一年，對華僑的經濟動態，總是格外注意，儘量報導。我所希望於報館當局的，也就是經常在報紙上多多介紹僑訊，來獲取海外各地僑胞的廣大讀者。

邵慎之：

在青島採訪新聞，最主要的是戰訊。我在青島發出的電訊，佔得最多的也就是軍事消息。這些新聞中，比較以煙台的收復，和蔣主席飛臨青島兩件新聞最為重要。前者在本報刊有很詳細的記載，我在當時也曾經到煙台去巡視了一趟。後者因為當局不准發佈，因此新聞直到主席離開青島後才發表出來。在青島採訪，大致還沒有什麼困難。不過青島警務當局時常把新聞扣留，不准立即發出，以致有時新聞拍到上海時，已被耽擱了一

些時候。

目前青島的情形，在軍事上，國軍雖然已將沿海的威海衛、煙台、龍口收復，但是山區仍舊在激戰。在經濟上，青島是一個出口港，但目前已經成為孤島，糧食用品來源減少，物價異常昂貴，更因為青島居民中消費者多於生產者，使經濟情形益形惡劣。

本報在青島的發行，是利用空運的，本年來，起初在青島的銷路約有 XXX 份，現在已增加到 XXX 份了。關於報紙的推廣銷路問題，還希望發行科方面多多協助推行宣傳工作。


范式之：

我的報告，可分做三部份來講。第一是工作報告，其次是對於報館的希望，最後是幾個請報館設法解決的問題。

我在濟南擔任本報的特派員，因為和山東省軍政當局大都很熟悉，在人事上佔到些便宜，所以新聞的採訪，並沒有比人家落後的地方。大致說來，這一年中的採訪工作，可以分為三個時期：在三月底以前，工作進行得相當順利，如萊蕪戰役，當地報紙都諱莫如深，而申報卻佔了先。其後，當局開始新聞檢查，工作乃較困難。九月以後，當局將戰訊改為新聞處發，工作略為便利一些。這是一年來工作大概情形。

我對於報館的希望，大致有兩點：第一，現在本報的通訊版，篇幅很小，因此時常有許多稿子，沒有辦法刊登出來，我建議將本報過去創辦的「申報週刊」復

刊，來容納這些稿件。第二，是關於新聞方針技術上的
問題，希望予以研討改進。

## 劉問渠：

　　在幾位特派員中，我怕是最舒服的一個了。我接受
報館的任命，在南京負責採訪新聞時，南京辦事處已有
很好的規模，辦事處裡有三位記者，每天跑著各種新
聞，我只是負責對外接洽聯絡。一年以來，如果說南京
辦事處有些成績的話，那應該是三位記者的功勞。

　　南京辦事處的工作，純粹是關於新聞的採訪。至於
報紙的發行等等，另外有專人負責辦理，這一點和別的
辦事處略有不同。一般說來，南京的新聞採訪，有幾個
特點：第一，工作比較喫重，我們每天打到報館裡的長
途電話字數，經常在二千字左右，有時多到九千餘字。
第二，新聞採訪的範圍非常廣泛，無論政治、經濟、教
育、以及市內新聞等等，每天發生的新聞材料很多。第
三，在南京發生的新聞，幾乎沒有間斷期。除了新聞性
質不同以外，在工作上一點沒有可以安息的時候。

　　我們在南京採訪，特別注意一件新聞發生以後，各
方面的反響，如在野人士及各黨各派對此一問題的見解
及意見，我們總是儘量採訪報導。我們又為了不讓新聞
漏網，必須竭力自動尋找新聞。

　　對於報館方面的希望：

一、希望總館對南京辦事處有經常的指示，或每十天一
　　次，或每星期一次；

二、希望南京辦事處的工作人員，與總館有密切聯繫；

三、與南京有關係的各個地方，如徐州、濟南、漢口等
　　的記者們，能設法和南京辦事處經常聯絡，這聯絡
　　可能在工作上發生很大的效力。

**張劍梅：**

　　本報復刊以後，我就擔任了北平特派員。二年多
來，中國政局有著極大的變動，從接收，而和談，而戡
亂，北平以及整個華北的情形，也是時常在變化的。北
平，並不是一個經常有全國性新聞的地方，目前軍事新
聞，大概是佔到最重要的地位；政治新聞很少，經濟新
聞也不佔重要，而教育文化新聞，則比較上略為重要。

　　在北平採訪的是我和宋紹柏兩個人。因為人手少，
我們的工作是採取重點主義，我們只能作點與線的展，
而沒有能作面的佔領。北平，在新聞探訪的進行上，是
一個比較順利的環境，所以我們的工作也沒有遭遇到什
麼困難。而且我們的報紙，由於歷史的悠久，在社會上
受到各方面的尊重，使我們的工作得到便利不少。

　　我們對於報館方面，大致有以下幾點希望和建議：

一、設法將新聞容納量擴大。

二、恢復申報週刊等刊物，以容納受版面限制而不能發
　　表的文字。

三、內外聯繫方面，應予加強。

四、在北平專設攝影記者一人，專從事華北各地的新聞
　　攝影工作。

　　在發行方面，京滬各報在北平的銷路，大概是這
樣：新聞報一百二十份，南京中央日報一百五十份，上

海中央日報也是一百五十份，商報一百四十份，大公報從前二百份到三百份，最近也跌到一百多份。本報在北平約銷 XXXX 份，所以比較上是以本報的銷路最好。

**儲裕生：**

　　申報在杭州設有辦事處，辦理申報在浙江方面的採訪和發行事務。浙江方面的工作，現在分做幾點來說：

　　關於新聞方面：第一，是採發當地重要新聞，按其重要性，分別以電話、電報或是通訊傳遞到總館來。一年以來，浙江發生的重大新聞，諸如錢塘工程、蔣主席誕辰、搶米風潮、杭市禁舞風波，及于子三事件等等，杭州辦事處都有迅速而翔實的報導，在本報上發表，甚至杭州當地的報紙，反而沒有本報記載來得詳盡，這一點是差堪告慰的。第二，是介紹浙江省各地的通訊員，以加強擴大浙省通訊網。第三，經常與各通訊員密切聯繫。第四，傳達總館的命令及指示，給在浙江各地的通訊員。

　　關於發行方面，杭州辦事處也擔任了不少任務，最重要的是發行的收回和經營。目前申報在浙江省的銷數頗佳，而且杭州辦事處在當地也接受商店行號的刊載廣告，協助總館的廣告業務。此外，還代辦一切總務事宜。

　　杭州辦事處，除了這些經常的工作以外，還舉辦了好些社會服務性的工作和活動，一方面也藉此推動宣傳：一、我們在杭州與市工務局合作之下，成立了一個精神食糧站，由本報供給報紙雜誌，供杭州民眾隨時閱覽；二、舉辦照片展覽，我們曾在去年年底舉行過一個

盛大的時事照片展覽會,在平時,我們也選擇了市內幾個適中的地方,經常展覽本報的國內外時事照片;三、舉行各種茶會,聯絡各界人士;四、為了推廣宣傳起見,我們在西湖畔還購置了一艘划艇,上面漆著鮮紅的「申報」二字。

杭州辦事處,還有兩個目標尚未達到:一是浙江通訊網還不能非常普遍,有待乎加強;二是希望杭州辦事處能達到自給自足的地步。

### 鍾鶴年:

在東北擔任本報採訪工作的,是韓清濤兄、趙展兄和我三人。韓、趙兩兄在瀋陽,我在長春,三人間原先時常以電話聯絡,後來電話斷絕不通,便經常改以通信取得聯繫。

東北的目前情形,的確是嚴重。由於我們所處的環境關係,我希望能把工作人員的家屬予以安置,使採訪人員得以安心工作。其次,希望報館多多刊載各地通訊,不但讀者歡迎,即外埠報紙也常樂於轉載。

這幾個希望,也代表了瀋陽的韓清濤兄和趙展兄的意見。

### 潘社長:

今天外埠各地特派員,回到報館來,把過去在各地的工作情形,作一報告後,加以檢討,是極有意義的。各地工作同人所感覺的困難,報館自當設法予以解決。

在現在新聞同業競爭劇烈的時候,我們非但要使我

們的報紙維持現在的地位，而且還得力求進步。因為不向前，必落後，不進步，便退步。申報同人，必須切實認識這一點。以歷史而論，申報最長最久，但就目前情勢看來，申報卻是最危險的。為什麼呢？因我們拿歷史較短、規模較小的報紙來說，他們的資歷和地位當然遠不及申報，但是他們好比初生的樹苗，它們這一個時期，是成長時期，少年時期。即使這些樹苗因為沒有好的日光，好的環境，而不能長成，也還不算十分可惜。而申報則由於其歷史久遠，情形就完全不同了。我們再拿與申報地位不相上下的幾張報紙來看，雖然寥寥可數，但他們正在竭力要趕上來，而且他們的開支要比我們小很多。所以今日申報的處境，的確很是危險，需要本館內外同人來一體努力。我們必須要有自信共信，則必能安渡這一重難關。

各地的記者，無論採訪消息，無論推廣業務，在工作的表現上，都非常之努力。館外人員與館內人員原是息息相關的，駐外人員好比方面軍，總館則好比參謀本部，必須內外密切配合指揮，才能發揮作戰力量。總之，我們所處的環境，是非常艱難，但是環境愈是艱難，我們愈應該努力奮鬥。申報如果墨守成規，想安於這全中國第二位的交椅，那麼前途真是太危險了。我已經說過：不向前進，就要落後。所以我們必須處處從事改進，奮發圖強，以爭取全國第一位報紙為標的。

剛才聽了幾位外埠工作同人的報告，深切明瞭館外人員工作時所遭遇到的困難，不過只要處置得宜，工作不懈，與當地各有關方面善為聯絡，當不致有何問題。

我希望各位時常要將自己的新聞，與各大報比較，以求進步。新聞的採訪，是不能有一時一刻疏忽的，望各位更加努力。

最後，關於新聞方針問題，只要在不違背政府戡亂建國的國策之下，我們儘可於各方面新聞事實作確切的報導。對於共黨禍國殃民的暴行，我們必須予以澈底的揭發，但是對於政治的不良黑暗面，我們也當予以揭露。我們一方面為政府宣揚國策，一方面應該為老百姓說話。必如此，報紙才是建立在廣大的基礎上。三十七年，將是申報最重要的關鍵，希望各位同仁，切實的認識這一點，互相勉勵，力求進步。

## 第二次會議

第二次會議中，係聽取副總編輯、各版編輯，及各科室負責人之報告。上午十時開會，至一時許完畢。

日期：一月二日上午十時

地點：本館會議室

### 陳訓畬：

昨日七單位特派員於工作方面已各有報告，社長並曾對我們作詳細指示。我們歸納昨日會中所討論大致可以分為三個問題：

（一）關於新聞目標與立場；

（二）關於聯繫問題，包括總館與駐外同人間的聯繫，以及駐外同人間相互的聯繫；

（三）關於版面方面的問題。

　　現在，我先把編輯部對於以上各問題的見解提出來說一說：

　　第一，關於新聞方針，……（從略）。

　　第二，關於聯繫問題，等一下我們還要詳細討論。此事本可以分作兩個方面研究：一是內外的聯繫，一是外埠同人間相互的聯繫。在前者，我們目前所做的很少，只在遇有新聞需要證實或者補充時以電話詢問，此外即甚少經常的聯絡。但這種聯絡，實在極為需要，因為編輯者接到電文以後，憑一時的判斷來決定新聞的取捨，常常難免有不周之處。記者是報館派在外邊的耳目，以後不妨在電文前敘述一下這件事情的重要性，使編輯者能作適當的處理。這種編輯者與採訪者間的直接聯繫，於工作的進行上極有幫助。

　　說到外埠同人間互相的聯繫，當然須視新聞發展的需要而定，平時不必作固定時間的聯繫。但在一有事情發生時，應立即取得聯繫。例如此次蔣主席由漢口返南京，漢口到夜間十二時才有電到報館，報館再打電話問南京證實，已是太遲。如果當初漢口直接拍電給南京，南京去設法證實，則或者就可以來得及。

　　編輯部和外埠同人間的聯繫，本有一「館內通訊」可以擔任，但館內通訊是月刊，有許多事在時間上已來不及。因此之故，我們或準備每一、二星期經常有一種簡短指示發出，使外埠同人能經常知道編輯部方面的需要。

　　說到地方通訊的材料太多，而地位太少，許多人提到恢復申報週刊的事情。這事在去年年初本已提起過，

編輯上無問題，但現在的問題是在發行方面行不通。新聞報所出的「新聞週報」不久便告消滅，就是一個例子。

　　現在，我們再請主持編輯方面實際職務的三位副總編輯報告。


## 趙君豪：

　　剛才總編輯對於各項問題報告已很詳細，現在我只將個人的一點感想提出來說一下：

　　我們申報有七十六年的歷史，是國內歷史最悠久的報紙。我們是一家民營的報紙，雖然和中央保持聯繫，但我們絕不是一張黨報，也不是準黨報，我們是一個公司的組織，在立場上我們是替人民大眾講話的。我們只須不違背國策，就可以在新聞上儘量報導。這一點，上次陳布雷先生來滬，我們去看他時，他也曾向我們如此指示。此外，他還對我們說，在這個消沉的時代中，我們必須抱有樂觀的態度，時時向積極方面去看，而對於事情的好的方面，尤當予以表揚，以鼓勵大家向「善」的方向走去。這是布雷先生向我們說起的幾點，我想也可以是我們新聞目標的大致方向。

　　剛才大家提到內外聯繫的問題，這個問題確很重要。同時，我想必須先期有所準備。譬如說，外埠工作人員的住所、電話、和電報掛號等等應先互相明瞭。或者，為方便起見，我們也不妨以適當的地區作為單位，以此來作有系統的聯繫。或者，我們可以定下若干原則，在某種問題上或者某種情形下需要取得聯繫。

　　此外，我還提出一點，因為我於事務方面管理較多，時常讀到外間同人寄來的報告或請求等等，對於這種信件的內容，我們希望力求簡化，一條一條地列出來，如此可以節省不少時間。

　　我們編輯部在陳總編輯領導下，大家都是和衷共濟。陳先生為人十分坦白公正，他的辦報完全是為辦報而辦報，以此作為一種事業，絲毫無個人得失之心。我希望諸位同人也人人都能如此。我們申報七十六年來可以說有兩種傳統的精神，一是自尊心，二是工作上的超然態度。諸位是申報的新血液，今日在此，都是身強力壯，相貌堂堂（眾笑），必能繼承這種傳統的精神。我們既得「人和」，申報的前途一定十分光明。


王啟煦：

　　本報復刊兩年多來，通訊網的佈置，逐漸緊密，目前已較他報完備。但比較起來，國內較密，而國外較鬆。現在我們派在國內各地的採訪單位已有一百五十左右，人員達一百九十餘，分特派員、特派記者、記者、通訊員、特約記者等五級。特約記者是按稿計酬，並無固定薪給的。國外方面，除美國外，東京特派員不久前已撤回，倫敦方面也尚未能設置。國外通訊網的所以難以展開，原因是由於交通不便，電費太高，和外匯困難。

　　國內方面，我們也還缺少新疆、西藏、和內蒙古等地，這點缺陷，希望不久即能補好。

　　關於內容方面，我們不但要保持過去一向注重學術

文化的傳統，而且，也要注意經濟工商。因為戰後能有購買力的是工商界，能登得起廣告的也只有工商界，為了適應需要，我們以後對於經濟方面的消息必須予以相當的分量。

我們現在每日收到的外埠新聞電訊，平均皆在八千字左右，其中一部分是長途電話，此外則都是電報。但是由於地位太少，新聞總是登不下，有很多只好丟棄了，這是十分可惜的。以後，我們希望外埠同人和編輯部保持密切聯繫，發電力求簡要，使字數減少，而新聞條數則仍無遺漏。在編輯部方面，亦當盡力研究如何精編，而以最少的地位容納最多的新聞。

外埠同人發來的電報，屬於經濟教育和體育者，望盡量提早，因為經濟版和教育版須十一時前截稿付排，所以希望新聞都能在十一時前發到報館，送到編輯人手中。

談到聯繫問題，的確我們也感覺聯繫不夠，原因是外埠的工作人員太多了，而我們只有三個副總編輯在負責聯繫的工作，實感人手不敷，因為如果與每人每月作一次通訊的聯繫，數量也就不得了。補充的辦法，本是利用「館內通訊」，使編輯部與各駐外通訊人員間，和經理部與各分館分銷處間，取得經常聯繫。但因為「館內通訊」是月刊，有許多急促的通知勢不能刊入。這一點，總編輯剛才已指出，可印發一種簡短的指示，一、二星期一次，以資補救。

卜少夫：

去年我曾有機會，去華北華南等地一行，使我深切感覺本報派在各地的負責人員，非但在工作精神上出人頭地，而且在社會上，也皆是當地的領導份子。這點值得我們欣慰。

我們檢討復刊以來各通訊單位的佈置，初期，我們由於復刊較遲，通訊網處於完全劣勢的地位；漸漸，我們由無而有，由有而普遍。在去年的一年間，我們並希望一方面能由普遍而至更普遍，另一方面更由普遍而至於精粹。關於這一目標，我們去年並未能完全達到，需要在今年繼續的努力。我們舉一個例說，南洋的地位在戰後十分重要，一方面南洋華僑眾多，與國內政治經濟有密切關係，一方面弱小民族求獨立自立的運動風起雲湧，是戰後世界的趨勢。但在南洋，我們還沒有設置通訊網。國外各地的通訊網我們都感不足，需要在今後加以補充。

說到版面問題，對於本報各版版面的情形，我覺得以後有三點值得注意：一是編排的統一，目前各版的編排方式十分不同，缺少一種一致的特殊風格；二是在新聞上須竭力糾正零亂之弊，把所有重要的新聞都集中在第一版；三是採訪與編輯打成一片。以上三點都尚未曾能做到。

最後我們有幾點要求，希望各駐外同人注意：

一、各地通訊人員望每週或每旬以當地情形環境及局勢演變，書面報告編輯部。

二、注意造就人才，因為我們申報還應為中國新聞事業

造儲人才。

三、希望能配合業務，與經理部隨時取得聯絡。

四、隨時對總館提供意見，以匡不逮。

**鄒慕農：**

報館有似飯館，要生意好，必須菜燒得好，配合全國人的胃口。其目的不僅在使人吃飽，並要供給營養的菜給各地人吃。通訊版須備各地的菜，編輯人不過是廚子，菜還得要各地通訊人員供給。所以希望各位特派員今後多多供給好菜。

**戴再士：**

各地發來電訊，大體上都能當天到達，但如九江等處，因電路非直接，有時不能當天到。望各地同人隨時向電報局查詢拍電情形，使電訊能及時到達。又電訊希望能隨時拍發，不要在晚間一次發，以免遲延。

**蔡正華：**

資料室與各地同人發生密切關係的是「館內通訊」，這本刊物的目的，即在保持各同人間的聯繫，以求取得工作上的便利與進步。本人及嚴先生都希望各地同人能多多利用「館內通訊」，時時寄稿，報導工作狀況，並儘量發表意見。

**王顯廷：**（報告辭上部份從略。）

最後我提出幾點希望：

一、請各位特派員以後隨時報告本報在各地的推銷情況，以求改進。

二、希望在廣告與發行上多多與總館取得聯絡。

三、不能登出的電訊，可利用新聞廣播方式發出。本報與上海各電台合作，辦理新聞廣播，已半年多，甚受外界好評。

四、可否用密碼發電，以節省電費。

## 第三次會議

　　第三次會議，係集中討論關於內外聯繫、版面改進、電訊技術、及新聞方針等問題。出席入員就各問題熱烈發言，詳加研討。會議自下午二時半開始，至六時半散會。外埠新聞工作檢討會議，乃告閉幕。該會之決議案，除一部分已先付諸實施，刊登於最近出版之「申報工作通訊」第一期（一月十二日），促使各駐外同人注意辦理外，大部分另已提請自本月十二日至十九日間舉行之「編輯會議」中討論，經補充修正後通過，再付實施。該會決議案因已包括於編輯會議決議案中，另文報導，故此處不再刊列。

十、「新聞報編輯通訊」，1947.7/20，〈新聞報館記者在國外採訪活動的往來函件及上海市法院、行政院、新聞局、江蘇省新聞處淞滬警備司令部稽查處、上海市文化界戡亂救國總會等來往函件〉，《申報新聞報檔案》，上海市檔案館藏，檔號：Q430-1-193。

新聞報編輯通訊　第一號

民國三十六年七月二十日

程社長指示各點：

1. 編輯部對於國內外各地通訊員應不斷予以指示。

　對國內通訊員應指示事項：

（A）通訊或發電時，須注意消息重點之所在。

（B）對事件與對人的報導應該並重（譬如某地有政治社會或經濟方面特殊之人物，即使其事業已成過去，亦有加以訪問之價值。）

（C）各地通訊員要研究本地歷史地理，駐在地的「縣志」及「省志」必須瀏覽參考。

（D）駐京記者尤須注意國民政府公報。

　對國外通訊員應指示事項：

（A）注意各國戰後的經濟復興措施。

（B）注意各國對人民衣食住行的具體實施。

（C）注意各國社會及教育的一般變化。

（D）各國重要人物的訪問。

（E）各國重要事件的調查。

2. 編輯人員對於本報記者及通訊社稿應注意修改其文字。

3. 編輯部對本報各地記者，應保持密切聯繫，此後每十日印發編輯通訊一次，俾可傳達編輯部對通訊工作之意見。

4. 遇有特別情事發生，編輯部應臨時發電指示通訊員拍發消息。

## 通訊工作檢討

甲、關於國內各地通訊

一、主席及軍事長官行蹤之報薄，應先徵詢當地軍事當局意見，如不能發表則應註明「參考消息」。

二、奉諭令今後「共軍」一律改稱「共匪」。

三、遇有重要新聞，於發電後應立即撰寄「通訊」，詳述事件發生之原委及其發展，兼及各界對該事件之觀感。

四、注意各地競選國大代表及立法委員之籌備情形，隨時撰發電訊。

五、注意社會民生實況，如日用必需品價格，或衛生醫藥界狀況，譬如某地看病門診價格（私人醫生，及醫院區別）。

六、多撰寫有關各地新政及經濟設施之通訊。

七、注意季節性的地方情形通訊。

八、九九受降紀念將屆，應注意搜集資料，訪問有關人物。

九、本報最近遺漏之重要電訊列下：

（一）蘇北土地公債先發二千萬石（申報、商

報十日鎮江電）

（二）中蒙劃界短期難實現（申報十日南京
電）

（三）傅作義在平談話（本報十一日北平電隔
日始收到）

（四）國防部通令保障新聞事業（中央、正言
兩報十二日南京電）

（五）改組地方政府原則決定（申報、大公、
東南、立報十三日南京電）

（六）中樞研討新疆方案（大公報十三日南
京電）

（七）我向美接洽十億新借款（大公報十三日
南京電）

乙、關於國外各地通訊

（一）多注意駐在國政治或經濟上對華有關之政策
及其舉措。

（二）注意國際間政治經濟或外交方面之活動，及
一般名流學者之觀感。

（三）各該國特殊人物之個別訪問。

（四）各該國華僑之生活狀況。

（五）一切通訊之措詞最好避免以自我作中心。

（六）每篇（或連續幾篇）通訊，最好能對某一特
殊問題作有系統之描寫，尤應將當時關於該
一問題的輿情，顯示出來。

民國史料 48

# 民國時期報業史料
## 上海篇（一）

Historical Materials of the Shanghai Newspapers,
1912-1949 - Section I

主　　編　高郁雅
總 編 輯　陳新林、呂芳上
執行編輯　林育薇
美術編輯　溫心忻

出　　版　　開源書局出版有限公司

香港金鐘夏慤道 18 號海富中心
1 座 26 樓 06 室
TEL：+852-35860995

民國歷史文化學社 有限公司

10646 台北市大安區羅斯福路三段
37 號 7 樓之 1
TEL：+886-2-2369-6912
FAX：+886-2-2369-6990

初版一刷　2021 年 3 月 31 日
定　　價　新台幣 350 元
　　　　　港　幣 90 元
　　　　　美　元 13 元
ＩＳＢＮ　978-986-5578-09-1
印　　刷　長達印刷有限公司
　　　　　台北市西園路二段 50 巷 4 弄 21 號
　　　　　TEL：+886-2-2304-0488

http://www.rchcs.com.tw

國家圖書館出版品預行編目 (CIP) 資料
民 國 時 期 報 業 史 料 . 上 海 篇 ＝ Historical
materials of the Shanghai newspapers 1912-
1949/ 高郁雅主編 . -- 初版 . -- 臺北市 : 民國歷史
文化學社有限公司 , 2021.03-

冊 ;　公分 . -- ( 民國史料 ; 48-49)

ISBN 978-986-5578-09-1 ( 第 1 冊 : 平裝 ). --
ISBN 978-986-5578-10-7 ( 第 2 冊 : 平裝 )

1. 新聞業　2. 民國史　3. 上海市

890.9208　　　　　　　　　　110003417